王子に婚約破棄されたので
隣国皇帝に
溺愛されることになりました

火崎 勇

Vanilla文庫

王子に婚約破棄されたので隣国皇帝に溺愛されることになりました

目次

イラスト／木ノ下きの

「セレスティア・キッシェン。貴様は王太子の婚約者という身でありながら、実の妹であるリンリーナに陰湿な苛《いじ》めを繰り返していたことはわかっている。その様な女は未来の王妃には相応《ふさわ》しくない。よって、お前との婚約はたった今破棄する！」

国王夫妻が外遊で不在の中行われた王家主催のパーティ。

主役は王太子マルクス。

会場である大広間には国内の有力貴族達。

そんな中で突然発言された王太子マルクスのそのセリフを聞いた時、婚約破棄を言い渡された当の本人である私、セレスティアの頭の中に浮かんだのはたった一言だけだった。

『テンプレだわ』

テンプレ。

テンプレートの略語で、意味はひな型。一般的にはありがちなワンパターンのことを示唆する。

この中世みたいな世界の中で、どうして『テンプレ』や『ワンパターン』なんて単語を思いつくのかといえば、私が転生者だからだ。

うん、これもテンプレ。

前世、私は現代社会を生き抜くキャリアウーマンだった。

学生時代からまああ頭は良く、容姿は醜くはないけれど、美人と言われるほどではなく、平均的。

趣味は読書と映画という地味なもので、そっちにお金を掛け過ぎて美容やファッションには興味もなく手も掛けなかった。

オタクと言えるほど熱心ではなかったけれど、アニメやラノベが好きで、二・五次元舞台も見に行っていた。

仕事は順調で、望んでいたアパレル関係の会社でマーケティング配属され、まあまあ優秀だったと思う。

恋愛に興味がないわけではなかったけれど、恋人はナシ。なんか面倒で。

所謂《いわゆる》『喪女』としてアラサーを迎えたけれど、自分の人生には十分満足していた。

けれど、久々の長期休暇で友人達と海外旅行に出掛けた際に飛行機事故で亡くなった……と思う。

覚えている最後の記憶が、天井から酸素マスクが垂れ下がる飛行機の中で友人がしがみついてきたところだから。

頭を脚の間に挟んで丸くなれって言われてたのに、あの子ったら……。

で、次に目が覚めた時はお葬式だった。

吊《つ》るされた石棺が穴の中に下ろされる、土葬。今の日本では土葬の許可はおりないんじゃないかしら、と思った時に前世を思い出した。

多分『死』というワードが前世の最期の強烈な記憶を呼び覚ましたのだろう。

お葬式は、私の母親のものだった。

慰めてくれるメイド達から、混乱しているフリをしながら仕入れた情報によると、『私』の名前はセレスティア・キッシェン。キッシェン侯爵家の一人娘。

……その時点では、ね。

齢《よわい》は八歳。

亡くなった母親が公爵家の娘だったからか、父のキッシェン侯爵が有力貴族だったからか、その齢で私は王太子の婚約者に決められていた。

まあまあ読んでいたラノベの転生ものそのままじゃない、と思った。

で、それからは本当にお定まりの展開。

まず、母の死後一ヵ月と置かずに後妻が来る。

義母には父に似た、私と一切違いの娘リンリーナがいる。

家庭内で義母と妹の苛めが始まるが、亡き母の実家から頻繁に祖母が様子を観《み》に来てくれたので、それほど酷《ひど》いことにはならなかった。

相手が格上の公爵家なので、父も来るなと言えなかったのだろう。

ちなみに父親は義母にゾッコンって感じで、私の苛めにはかかわらなかったけれど苛めを無視してはいた。

ネットで愚痴られてる浮気夫みたい。目の前で子供が罵声を浴びせられていても、冷ややかな目で受け流して、愛人とイチャイチャしてるってやつ。

そういえば父親、母が生きてた時も私を抱き上げたりしてくれなかったな。義妹はよく抱き上げてるけど。

前世の父親はおっとりとして優しい人だったので、こんな父親ホントにいるんだと驚いた。

もし私が転生者でなかったら、きっと病んでいただろう。

で、私が十歳になると、王太子の婚約者として厳しい王妃教育が始まった。

これがまた問題。

未来の王妃だから、王城から贈り物が届く。ドレスとか、お菓子とか、勉強のための本や道具とか。

それを見て妹のリンリーナは「お姉様ばっかりズルイ」と言い出す。

家にあるものは取り上げられて妹のものにさせられていたけれど、さすがに王城からの贈り物を他人にあげることは許されないという常識はあったのだろう、代わりに父が同じような物を買い与えていた。

勉強道具はねだらなかったみたいだけど。

アラサーになるまで真面目に学業、仕事に努めてきた私は手を抜いても当然そこらの子供よりも優秀で、国王夫妻は気に入ってくれた。

けれど婚約者であるマルクスは面白くなかったみたいだ。

男女平等の現代社会だって、男よりできる女は可愛《かわい》げがないと貶《けな》されるくらいだもの、男尊女卑が当たり前の世界にあって、王太子としてちやほやされてきた彼には優秀すぎる年下の女など気に入らなかったのだろう。

最初は礼儀正しかったマルクスは次第に無愛想になり、我が家を訪れると私ではなくリンリーナと共に過ごすようになった。

アラサーの意識がある私には十代前半のマルクスは恋愛対象にはならなかったので、まあいいかと思っていた。

いっておくが、私は決して前世のように平凡な容姿ではない。

母親譲りの銀色の髪に青い瞳、子役モデル並の美少女だった。まあ、色素の薄さと精神年齢相応の落ち着いた雰囲気は、確かに可愛くはなかったかもしれないが。

対してリンリーナは義母譲りの赤い髪に父親譲りの緑の瞳。おバカなところが愛嬌《あいきょう》があって、感情の起伏のある子供らしい少女。

もし懐いてくれていたら、きっと私も可愛がっていただろう。

実際は人を羨むことしかせず努力をしないブリッ子タイプだったので、可愛いと思えなかったのだが。

王太子の婚約者であるお姉様はズルイと思っていた妹は、そのうち自分だって侯爵家の娘だから自分が王太子の婚約者になってもいいいんじゃない？　と思い始めたのか、本気でマルクスを好きになったのか、マルクスにべったりになっていた。

それでも私達の婚約は国王陛下が決めたことなので、どうにもならないだろうと思っていたのだが……。

リンリーナはまあ香ばしく色々とやってくれていた。

私の刺繍《ししゅう》したハンカチを自分が作ったと言ってマルクスに渡したり、お姉様は殿下が無能だと言っていたと告げ口したり、マルクスの来訪を知らせずに二人で庭を散策したり。

この頃になると、私も大体先が読めてきた。

うん、これは絶対婚約破棄案件だわ。

愛のない結婚で生まれた娘より、愛する女性とその間に生まれた娘を可愛がる父親。

自分がまだ愛人だった時に正妻だった女の娘を憎む母親。義母の実家が男爵家だったそうだから、公爵家出身の母に対する妬みもあっただろう。

自分より優秀な婚約者にプライドを傷つけられた王太子。

姉を憎んで王太子に擦り寄り、奪おうとしている妹。

設定バッチリじゃない。

結末がわかっているのなら、私も黙ってその時を迎えるわけにはいかなかった。

だって、そういう話って大抵破棄された方は修道院行きか国外追放になるのだもの。

貴族としての知識は十分に蓄えた。元々勉強するのは嫌いじゃなかったし。でも、修道院に閉じ込められたり、外国に放り出された後にその後の人生をエンジョイする方法は考えられなかった。

修道院は厳しく監視されてるだろうし、外国で身寄りのない独身女性が一人で暮らすなんて危険過ぎる。

よしんば平民として街に放たれたとしても、仕事がすぐに見つかるとも思えない。

絶対に無理、とまでは言わないまでも浮かび上がるまで苦労のどん底を這《は》い回ることになるだろう。

個人資産を作ろうにも、銀行もなかったしね。

この世界は私の知識の中にある本やゲームに酷似したところもなく、登場人物にも聞き覚えのある人はいなかったので、チートなルートもない。

となれば、今の自分が何とか平穏に暮らせる現実的な方法を見つけなければ。

そうしてコツコツと努力しながら、私はその時を待った。

「聞いているのか、セレスティア」

まさに『今』がその時なのだ。

「突然のお言葉に驚いております」

リンリーナの腰を横抱きにしたまま怒りを露《あらわ》にしているマルクスに、私は頭を下げて冷静に答えた。

まだ婚約中の身でありながら女性を抱き寄せてることも、王族でありながら感情を面に出すことも王太子らしからぬ態度だとわかっているのかしら？

「私は妹を虐《しいた》げたことはございませんので」

「よく言うな。そういうところが恥を知らぬというのだ。彼女の持ち物を隠したり捨てたり、更には池の庭に突き落としたのだろう」

「どなたがそのようなことを？」

「キッシェン侯爵家のメイドが見ていた。お前の報復を避けるために名は言えぬが」

「名前も名乗らぬ証言者ですか」

メイドと自称する人間をお金で雇うこともできるわよね？　そうしなくても、当主である父の溺愛する次女に付いた方が得と考えた者もいるかも。

「そんな者を信用なさるのですか？」

結末はわかっているけれど、今後のことを考えてきっちり反論はしておかないと。

「破られた本に引き裂かれたドレス等の証拠もある」

「それを私がした、という証拠は？」

「使用人が主の令嬢にそのようなことをするはずがないだろう。それに、お前は私が侯爵家を訪れても私の相手を拒むという不敬も働いた」

「それは家の者が殿下の来訪を私に告げなかったからです」

「王太子の来訪を知らせぬ者が侯爵家にいる、と？」

はい、そこにいるリンリーナの指示で。

「我が身を護《まも》るために自分の家を貶《おとし》める、か。令嬢であれば自家の者を守るべき立場ではないのか？」

それは自分に尽くしてくれる使用人ならば守りますよ。

でもそういう者は皆義母に解雇されてしまった。母に仕えていたということが気に入らないという理由で。もちろん、その人達には次の勤め先への紹介状を書いたし、個人的に退職金も渡したわ。

「私が暴言を吐いていると思うか？　だとしたらどうしてお前の親は異議を唱えに姿を見せぬのだろうな？」

それは彼等が私よりリンリーナを愛していて、父は母の実家が結んだ婚約に不満だし、義母は彼女を王太子妃にしたいと思っているからです。

「とにかく、あらゆる点でお前は王太子妃に相応しくない」

……随分雑に纏《まと》めたわね。

「お前との婚約を破棄することをここにいる全ての者達の前で宣言する」

そんなに胸を張っていても、国王夫妻の前では言えないからお二人の留守の時を選んだのよね。

陛下が決めた婚約を破棄するということにざわついてる貴族達にも気づいている？

「王太子殿下の名において婚約を撤回するということですか？」

「そうだ」

「陛下の許可を得ず？」

「私の結婚だ、父上達には関係ない。それにお前の悪辣さを知れば同意してくださる」

「侯爵家との婚約という契約を破棄することになりますが？」

「リンリーナが私の婚約者となれば問題はない」

「それでは、たった今から私と殿下は無関係ということでしょうか？」

「そうだ」

「陛下不在の今、殿下のお言葉はここでは絶対でございますものね。わかりました、婚約破棄を受け入れます」

「見苦しいぞ、まだ……。え？　受け入れる？」

「はい。ここにいらっしゃる貴族の方々の前で殿下自らがこれだけはっきりと婚約破棄を宣言されたのです。私には受け入れることしかできませんわ」

てっきりもっと揉《も》めると思っていたのだろう、マルクスは少し拍子抜けした顔になった。

背後から人が近づいて来る気配を感じ、私はそのまま畳み掛けるように続けた。

「これで私は婚約者のいない身となりました。ですから、私は新たに婚約を結びたいと思います。私がどなたと婚約しようが、私は殿下とは『無関係』ですから問題はないかと」

「あ、ああ……。お前のような悪女の手を取る者がいるならば……」

よし、言質はとった。

私は背後に立った男性の腕に縋《すが》り付《つ》き、宣言した。

「では、私はこの方に求婚いたします。以前から申し込まれておりましたが、殿下の婚約者ですからお断りしていたんです。けれどもう私は独り身ですから問題はございませんでしょう？　是非ともこの場で殿下にも祝福を賜りたいと思います」

そう。

こうなることはちゃんと予見していたので、私は以前から親しくしている友人達の中で私と結婚してくれそうな男性を探していたのだ。

クエン子爵家のロードス。

彼には妹が殿下を狙っていること、殿下も私を愛していないことを相談していた。そしてもしも婚約を破棄されたら私をもらってくれないかと頼んでいたのだ。

誠実なロードスならば、愛はなくても穏やかな結婚生活が送れるだろう。結婚したいわけではないけれど、この世界で貴族の女性が一人で生きていくのは難しい。それならいい人を見つけて結婚した方がいいという結論になったのだ。

ロードスは気が弱いけれど誠実で、小さいけれど領地も持っている。贅沢《ぜいたく》を望まなければ十分幸せになれるだろう。

彼にしたって子爵家に侯爵家の娘が嫁いで来るとなればプラスになる。

前世庶民の私にとっては、子爵家くらいがぴったりだ。

「お前……、何を……」

流石《さすが》にマルクスは驚いて言葉を失っていた。

けれど彼の隣にいたリンリーナはにっこりと笑っている。

まあ、王太子妃から子爵夫人なんて凋落《ちょうらく》、彼女にとっては喜びでしかないだろう。

リンリーナは笑顔のまま私に近づいてきて小声で話しかけた。

「お姉様、あちらの柱の陰ですまなさそうにしている殿方に見覚えはなくて?」

「は?」

言われてそちらを見ると、茶色い髪の男性がこの世の終わりのような顔でこちらを見ている。

……ちょっと待って、あれはロードス？

どうして？　彼は私の隣にいるはずじゃ。

「お姉様の計画なんてお見通しよ。形勢不利と見て他の嫁ぎ先を探してたんでしょう。ロードス・クエンとは親しくしていたものね」

未婚の男女だから、私達はこっそり会っていたとはいえ人目のあるところで会話することしかできなかった。

それを見とがめられたのね。

「私とお姉様とどちらに付くのか聞いてみたの。そうしたら彼は、未来の王太子妃を敵に回すことはできないと判断したみたい」

勝ち誇った笑み。

やられた。

ちょっとおバカだと思って油断していた。

リンリーナは私を苛めることにだけは頭の回る女だった。

そしてロードスの気弱さを甘く見ていた。

「たまたま側にいたどこの誰ともわからない殿方に求婚するなんて。殿下にフラれたからって奇行に走るとは、恥ずかしいお姉様」

悔しい。

リンリーナの言う通り、これでは奇行だわ。

衆人環視の中で見ず知らずの人に突然求婚した女なんて、この場をやり過ごしても次の相手は見つけられないだろう。

「恥ずかしいのはお前だ、女」

突然私の隣から降った声に、にやにやと笑っていたリンリーナの顔が強《こわ》ばる。

「は？　何を言ってるの？」

彼女が相手を睨《にら》むから、私も釣られて隣を見る。

そこにいたのは見覚えのない男性だった。

黒い髪に濃い青の瞳。背は高く、整った顔立ちは野性的だけれど気品もある。身に纏っているものも、細かな刺繍の施された高級品だ。

……誰？

「聞こえなかったのか？　恥ずかしいのはお前だと言ったのだ、女」

「お……、女？　私は侯爵令嬢で、この国の王太子の婚約者よ！」

「リンリーナ、止《よ》せ」

驚いた顔のまま固まっていたマルクスが慌てて彼女の腕を取る。

途端に、リンリーナは勝ち誇った笑みを消し、傷ついた可憐《かれん》な女性の顔になった。

「でも、殿下。この者が私を『女』呼ばわりして……。私はよいのですが、殿下の婚約者

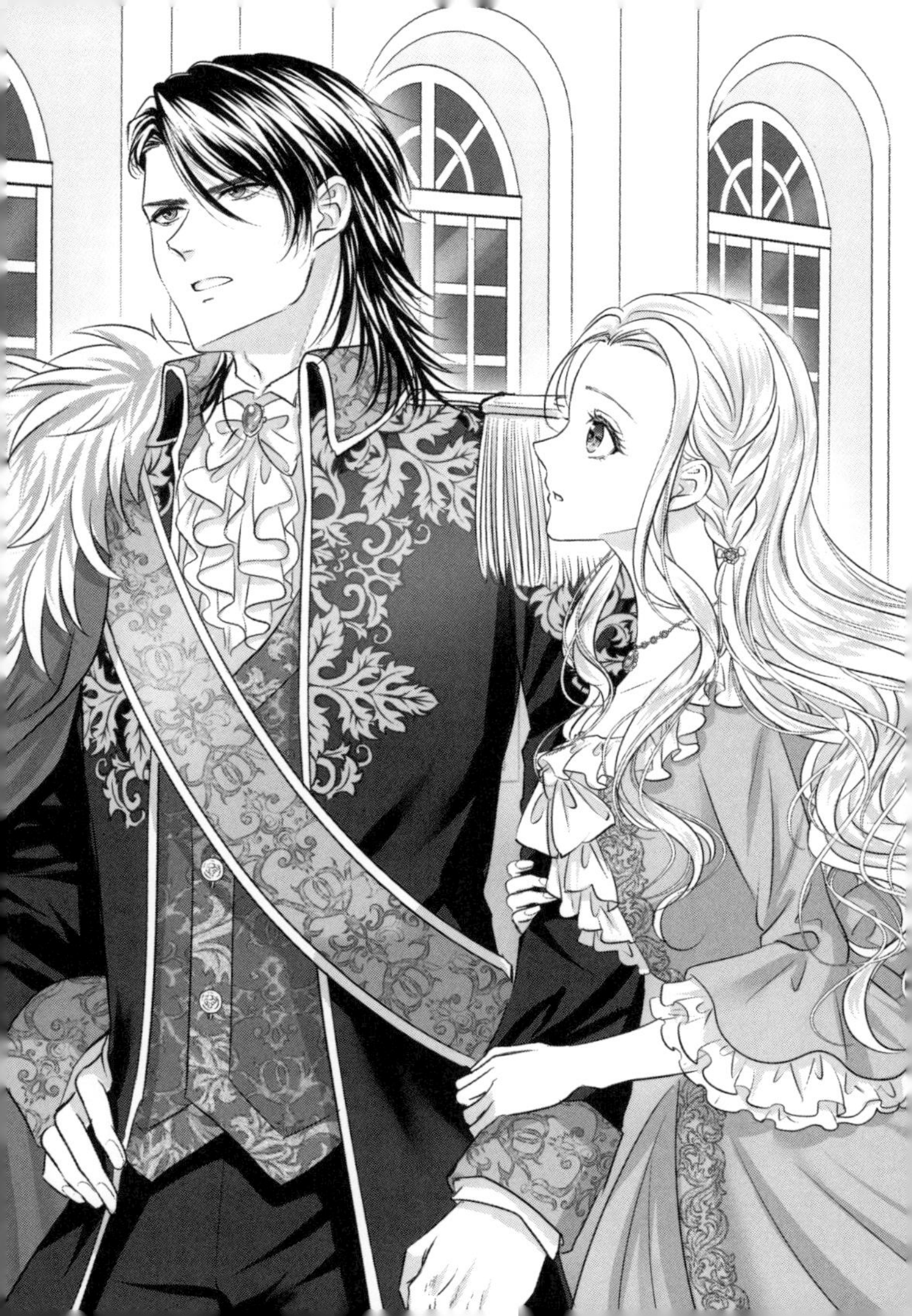

となった身が貶《けな》されては殿下の御威光《ごいこう》に傷が付くのではないかと……」

悲しげな顔ですかさずマルクスに身体を寄せる。

女優ね。

けれどそんな彼女の演技をスルーして、マルクスは黒髪の男性に礼をとった。

「いらっしゃっているとは気づかず、失礼致しました」

え？　王太子であるマルクスが敬語？

「貴殿の婚約者は愚かだな」

「申し訳ございません。セレスティア、その手を離せ！」

指摘され、私はまだ黒髪の男性の腕を取ったままだったことに気づいた。

相手が誰であれ、見知らぬ女に腕を摑《つか》まれるのは不快だろう。慌てて手を離し、一歩下がろうとしたが、今度は相手が私の腕を取った。

「彼女に指図をするな。お前とは関係のない女性だろう」

「え？　しかし今婚約者と……」

「お前の婚約者はそっちの女だろう。今婚約を結び直したではないか」

「……はい。そうです」

指摘されて肯定する。それはそうよね、皆の前で公言したばかりですもの。

「では、その女に私の婚約者に対して非礼な態度を取るなと伝えるんだな」

「陛下の婚約者？」

陛下？　今、陛下と言った？

この国で陛下と呼ばれるのは国王陛下一人。では他国の国王陛下？　どの国の？

「そうだ。私は彼女の求婚を受け入れる。たった今から彼女はハルドラ帝国皇帝である私の婚約者だ」

ハルドラ帝国！

隣国の巨大帝国じゃない。そういえば、先月先代皇帝が病気で亡くなって代替わりしたんだったわ。

この世界は写真が無くて肖像画だけだけれど、私が見た肖像画とは顔が少し違う。

私はまだ婚約者でしかなかったので同行はしなかったが、マルクスは陛下の代理として戴冠式に出席したから直接本人の顔を見たはず。だから彼が陛下と呼ぶなら、この人が皇帝陛下に間違いはない。

「しかしその女は……」

「『女』？」

ジロリと睨まれてマルクスは身を竦《すく》ませた。

「あ、いえ、キッシェン侯爵令嬢は陛下のお相手には相応しくないかと……」

「それは私の決めることであって君の決めることではないと思うが？」

「陛下！　姉は妹の私から見ても褒められる性格では……！」

「誰が口を利いていいと言った」

だめよ、リンリーナ。身分の高い方には低い方から話しかけてはいけないのよ。マナーで習ったでしょう。

身分が下の者から話しかけられるのは、紹介を受けてからよ。

「外遊中、挨拶程度に立ち寄ったが、面白い余興が見られた。『以前から』申し込んでいた女性も手に入れられたしな。ではセレスティア、行こうか」

何これ？　どうなってるの？

私の求婚を受け入れたってことでいいの？　マジで？

付いて行って大丈夫なの？　でも誘いを断ってここに残ってもロクなことにならないことだけはわかっている。

とにかくまずはこの場から離れることを優先しよう。

「はい」

ええと、確かハルドラの新皇帝の名前は……。

「エルセード陛下」

彼はにっこりと笑うと私を抱き寄せてエスコートし、大広間に集まった人々の真ん中をゆっくりと歩いて退室した。

驚きと好奇の目が向けられていたけれど、知ったことじゃない。

この人が何を考えて、どうして小芝居をしてくれたのかを聞かないと。

大広間の喧噪《けんそう》から離れると、私はすぐに彼を見上げた。

「エルセード陛下、窮地を救ってくださったこと、心より感謝いたします」

「何を言ってる。婚約者を守るのは当然のことだろう？」

そんなにやにやした顔で言われても。

「初めてお会いしますよね？」

「以前から申し込んでいただろう？」

「御前で醜態を晒《さら》したことは深くお詫《わ》びいたします。ですが戯れはここまでに」

彼はふうん、という顔をした。

「私が誰だかわかっているのか？」

「先ほど伺いました。ハルドラ帝国新皇帝、エルセード陛下でいらっしゃいます」

答えると、満足げに頷《うなず》く。

「助けてやった礼として、少し話を聞かせろ」

「話、ですか？」

「そうだ。こちらへ来い」

彼は手を挙げて追従していた騎士を呼び寄せると、「馬車の支度をして迎えに来い」と命じ、私を伴って近くの部屋へ入った。

休息用の小部屋だが、使用する予定はなかったのだろう。何の支度もなく、ただ椅子とテーブルがあるだけの部屋だ。

そこで彼は私の手を取ったまま長椅子に座った。手を離してもらえないので、私も隣へ座る。

「これからどうするつもりだ？」

「実家に戻って荷物を引き取ったら、王都から離れた場所へ向かうつもりです」

「女一人で？」

「はい。家は捨てるつもりですので」

「お前は侯爵令嬢なのか？」

「キッシェン侯爵家の長女です」

「マルクスの婚約者だった」

「先ほどまでは。今は目出度《めでた》く解消していただきました」

「目出度く、か」

面白いというように、喉を鳴らして笑われる。

「説明しろ」

助けてもらったのだから、説明ぐらいはしてもいいわね。

「至極簡単な話でございます。父に愛人がいて、母が亡くなると娘を連れて家に入ってきました。私は最初から家族の愛情の対象から外れていたのです。亡き母の実家が公爵家でしたので母の存命中に私とマルクス殿下の婚約が結ばれておりましたが、妹がマルクス殿下を籠絡したので先ほどのような事態になりました」

「私と間違えた求婚相手は？」

「事前に頼んでいたのですが、妹に知られて妨害されました。子爵家の方でしたので、未来の王太子妃には逆らえなかったのでしょう」

死にそうなロードスの顔が思い浮かぶ。

誠実な人だったから、罪悪感でいっぱいだったろう。

「その男を愛していたのか？」

「いいえ。ただ妹やあの家から離れられれば、と。もちろん、お相手の家には誠心誠意尽くすつもりでした。もうよろしいですか？　父よりも先に家に戻り、荷物を持ち出したいので」

「父親は妹贔屓《びいき》か」

「あの場にいて何も異議を申し立てませんでしたので。下手をすれば王太子に恥をかかせたと身一つで追い出されるかも」

父は母に似た私を嫌っていたものね。というか、妻の実家の方が格上で結婚が拒めず愛人と別れさせられた恨みが、母や私に向いていたのではないかしら。

「いいだろう、セレスティア。お前は今日から私の婚約者だ」

「は？」

あ、いけない。声が出ちゃった。

「何をおっしゃっているのですか？」

「お前は婚約者のいない身で、公爵家の血筋で侯爵家の令嬢。王太子の婚約者だったのなら教育も行き届いているだろう。更に恋人もいないようだ。そして私が誰だか知っていて手を取ったわけではないということは、私を狙っていたわけでもない」

「でしたらどうだと？」

「私はすぐに婚約したいんだ。とはいえ、相手は誰でもいいというわけではない。身分があって、教育のある者でなければならない。セレスティアはその条件に当てはまる」

「婚約を条件で決めるのですか？」

「普通はそういうものだろう？」

……そうだった。貴族の婚姻なんて条件の擦り合わせだけで決められるものだった。

「ですが、唐突過ぎます。お戯れでしたらどうかご容赦ください」

「身一つで市井に下ろうと考えていたんだろう？　隣国で悠々自適な生活の方がいいんじゃないか？」

「皇帝の婚約者が悠々自適なわけはないでしょう」

「それを知っているところもいい」

「陛下！」

からかわれることに我慢できず、文句を言おうとしたところでノックの音が響いた。

先ほどの騎士が馬車の支度ができたと呼びに来たのだ。

「続きは馬車の中で話そう」

「……私を家まで送ってくださるのですよね？」

「ああ」

その返事に、ひとまずは安心した。

皇帝ともあろう方が嘘《うそ》は言わないだろう、と。

けれどどうも私は最後のツメが甘いようだ。

さっきの計画がリンリーナに知られていたこともそうだし、ここで『家』とは誰の家なのかを確かめなかったことも……。

詰め込んだら十人くらいは乗れるのではないかと思う豪華で大きな馬車に、私と陛下は向かい合って腰を下ろした。

隣に座らされなくてよかった。

そこで語られた彼の事情はこうだった。

ハルドラ帝国は近年南にあるセドという国と緊張状態にあった。

セドは頻繁に国境を越えて略奪を行ってはいたが、民間の争いと言い訳されて犯人を突き出されて終わりにされていた。

それが去年先帝、つまりエルセード陛下の父君が病に倒れると、好機と見たセドが攻めて来たのだ。

その戦いのことは聞いていたが、我が国からは遠い地だったし、応援の要請もなかったので遠くの出来事としか思っていなかった。

当時皇太子だったエルセードは出兵し、当然のごとく勝利した。

「男の王族は全員殺した」

こともなげに言う彼が怖くもあるが、この世界では当然なのだろう。前世でも中世では敵国皆殺しなんてこともあったみたいだし。

自分が関《かか》わらなくていいのなら、歴史とでも思って聞いておこう。

「だが女の王族は人質として残した。当時は父上がまだ病床にあって、属国にしたとはいえセドを上手《うま》く御せるかどうか怪しかったからな。何かしたらお前達の王族を根絶やしにするぞ、と脅したんだ」

「確かセドの王族は神の末裔《まつえい》という触れ込みでしたね？」

「よく知っているな。さすがは王太子の婚約者」

「『元』です」

　訂正すると、機嫌よさげに笑う。

「自分達の行いで自国の神の末裔を死に追いやった、というのはいい脅しで今のところ連中はおとなしくしている。問題は我が国の中でのことだ」

「国内？」

「私が皇帝になるならば早く結婚しろという話が出た」

　まあ順当ね。王族の跡継ぎは必須だもの。

「その相手にセドの王女、サリーダをという声が上がった」

「敵国の王女を、ですか？」

「そうすれば私はセドの王になる」

「けれどお子様が生まれればセドの王家がハルドラの王にもなります」

「そうだ。お前にもわかることがわからない者もいる。そして知っていながら推してくる者もいる」

「わかっていて、ですか？」

「弟のグリニードを推す一派だ」

皇弟グリニード。

「側妃様のお子様ですね。まだ十代かと」

「そうだ。側妃の父親にいいように利用されているバカな弟だ。私がもしサリーダと結婚して子供が生まれたら、他国の王家の血の入った子供に帝位は継がせられない、グリニードこそ次代の王に相応しいとなるだろう」

今帝位を争うには皇弟の年齢が若過ぎる。エルセードに勝る功績もない。それならば今のうちに彼に瑕疵《かし》を作って、グリニードが成人してから奪おうというところか。

「しかもこのサリーダという女がクセ者でな。人質としておとなしくしていればいいのに、王宮内に自分の勢力を作っているようだ。外面はいいが気も強くて、新婚の初夜で寝首をかかれるかもしれん」

もしそうなったら、正式に結婚していれば他国の女王が女帝となる可能性もある。

「その顔は察しているようだな」

「断ればよろしいのでは?」

「そう簡単にはいかない。戦争があって、父上が亡くなって、突然帝位を継いで、国内は落ち着かない。国内を安定させるために結婚しろという声を黙殺することは難しいだろう。だがそうなれば皇妃の座を巡る権力争いとなり面倒だ。というか、既に面倒臭くなって外遊と称してマイーラへ来たのだが……」

　嫌な予感だわ。

「天の助けだ」

　何となく先が読めた。

「背後関係がなく、血筋の正当性もあり、教育も施されている上度胸もある。そんないい女が手に入るとは」

「……それは私のことでしょうか？」

「他に誰がいる？」

　だからそのにやにや笑いを止めて。

「私など、マルクス殿下に婚約破棄されてしまうような未熟な女ですわ。とても帝国の皇妃になど」

「妹の策略に気づいて予め《あらかじ》対応策を練っていたのだろう？」

「あっさり覆《くつがえ》されました」

「失敗したら一人で市井に下る準備も覚悟もしていた」

「それは……、まあ……。他に道がありませんでしたから」

「普通の令嬢にはそんな勇気はない」

　それはないでしょう。私は普通ではないもの。

女が働いて一人で生きていくのは当たり前の世界で、アラサーまで生き抜いてきましたからね。

「どうせ愛のない結婚をしようとしていたんだろう？　相手が私でもいいじゃないか。皇帝だ、優良物件だぞ？」

「畏れ多くて身が縮みます」

「王太子とは戦えるのに？」

「マルクスはあなた様ほど威厳がございませんもの」

「自国の王太子によく言う。そういうところも気に入った」

ああもう。

普通男っていうものは強い女は選ばないでしょう？　前世何度か『君は強い女だから一人でも生きていけるだろう？』と言われてフラれたこともあるのよ。　男はか弱い女が好きなんじゃないの？

彼の境遇を聞けば強い女性を求める気持ちはわかるけれど。

「私の婚約者になれば、あのバカ王子の手から完璧に逃げ切れるぞ。妹が何かしようとしても、親が呼び戻そうとしても、拒絶できる」

彼が口にした言葉に、思わずピクリと反応してしまう。

「王宮内で好きなようにさせてやろう。散財と浮気は困るが、ある程度の贅沢とオトモダチ程度の取り巻きは許そう」

「あ、そういうのはいらないので」

今更恋愛に興味はないし、愛人は自分の倫理観から外れる。

「では期限を付けてやる。五年経《た》って子供がいなかったら離婚してもいい。その後は離宮と個人財産をくれてやるから好きに生きればいい。他にも何か条件があれば言ってみろ」

「断る、という選択肢は……？」

「ない」

きっぱり言ったわね。

「断るならばどこかへ売り飛ばすぞ」

「ちょっ……！　ちょっと待ってください。私は陛下に不敬も働いておりません」

「何を言うか、突然私の腕を取って以前から申し込まれていたなどという嘘をついたではないか」

「それは人間違いで……」

「公式の場で私を『他国の王太子の婚約者に横恋慕する男』に仕立て上げたのだぞ？　十分不敬だろう」

そんなこと思ってないクセに。

その綺麗《きれい》な顔からにやにや笑いが消えてないもの。絶対に面白がっているでしょう。

けれど隣国へ逃げられるというのは魅力的な誘いだわ。

リンリーナはおバカだけれど、決して知恵が足りないわけじゃない。

気に入らないからといってクビにしたメイドが、他の家に勤めた時に自分の悪評をバラ撒《ま》くかもとは考えないけれど、私の計画に気づいて邪魔するくらいには頭が回る。

更に言うなら、義母の教えなのか私に対する敵意は異常で、自分よりも私が上だと思うと徹底的に邪魔をしてくる。

ドレスを破くというのは彼女が私にしたことだ。一度は階段から突き落とされそうになったこともあった。

彼女の頭は、私に対する意地悪にだけ、高速回転するのだろう。

となれば、彼女の望み通りの不幸にならなかった私に、リンリーナは追い打ちをかけてくるかもしれない。

あっちは財力と両親の手助けがあり、こちらは後ろ盾の一つもない。唯一の味方だった母の実家の公爵家も、公開で糾弾され、婚約破棄を言い渡された今では頼れるかどうか。

「どうした？　返事は？」

皇帝の婚約者は無理ゲーだけど、期間限定なら何とかなるかもしれない。

「条件を出してよろしいのですよね？」

「可能なものならばな」

「では、まずタメ口をお許しください」

「『タメ口』？」

そういう単語はここにはないのか。

「私が陛下に敬語を使わなくても罰しないでください、という意味です」

「まあ、それぐらいは」

「先ほどおっしゃった提案、期間限定であることと、終了後の住居と報酬について、書面にして直筆のサインを。期間と金額等の詳細は後程話し合いましょう」

「商人のように堅実だな。いいだろう、それも約束しよう」

「私達の出会いなどの設定はきちんと話し合いで決定し、異変があった場合のホウレンソウをすること」

「ホウレンソウ？」

あ、これもない言葉だった。

「報告、連絡、相談です。騒乱の渦中に足を踏み入れろというのですから、隠し事はこまります」

「『ホウレンソウ』か、面白い言葉だな。それも納得した」

「取《と》り敢《あ》えず、今思いつくことはこれぐらいですが、落ち着いたところでもっと細かいことを話し合いたいと思います」

「では引き受けるのだな？」

「はい一応」

これもテンプレだったら、婚約破棄された後に隣国で溺愛されて悠々自適なんだろうけど、この人の態度じゃ溺愛は無理ね。

だとしても、頑張って安定した生活は手に入れることができるかも。

「……それにしても、馬車が随分と揺れていません？　王城から我が家に戻る道にこんな揺れるところはなかったと思うのですが？」

「途中寄り道するからな」

「どちらへ……？」

「宿だ」

「宿？　陛下がご宿泊されているところですか？」

「宿泊『する』ところ、だ。安心しろ、結婚までは部屋は別にしておくから」

「は？」

ちょっと待って、それってどういう……。

問いただそうとした時、突然馬車が止まった。

にやにと笑っていたエルセードの顔がピシリと引き締まる。思わず見蕩《みと》れてしまうほどカッコイイ顔で。

「どうした！」

「襲撃です。陛下は中にいらしてください」

彼の声に応えた御者の言葉を無視して、彼は傍らに置かれていた剣を手にすると立ち上がった。

「バカを言うな。私を襲う者の顔ぐらい見てやらないと」

そして扉を開け「お前はここにいろ。私以外の者が来ても扉を開けるな」と言って飛び出してしまった。

シュウゲキ？　襲撃？　襲われてる？

慌てて扉の把手の横にある掛け金を下ろす。

扉の外からは金属が当たるような音と人声が聞こえた。

何これ。どうして皇帝の馬車が襲われてるの？

いや、皇帝の馬車だから襲われてるのか。

ひょっとして、待っているのは悠々自適な生活じゃなくて、陰謀渦巻く殺伐とした生活なの？

ハルドラ帝国は巨大国家で、裕福で、特に戦争などはしていなかったはず。

「……セドか」

大国だから、金持ちケンカせずで過ごしてきたハルドラが唯一戦争したのは、さっき言ったセドだけだろう。それだって向こうが仕掛けてこなければ国境の紛争で済ませていたはずだ。

でもセドが拳を振り上げたから戦って、男性の王族は皆殺しにした。相手が悪かったとしても、恨みは買うわよね？

それとも、弟を擁立している一派？

外遊中の事故ならば、事故だったとか何とでも言い逃れできる。

皇弟が若くても、いいえ、若いからこそ側妃の父親が摂政になって陰で若き皇帝を牛耳るなんてこともあるだろう。

そんなところへ突然婚約者として乗り込むなんて。

「……冗談でしょう」

ハードモード過ぎる。

妹のイジワルと婚約破棄までは想定内だけど、これは想定外だわ。

「ギャーッ！」

悲鳴が聞こえる。

これ、どっちの？　敵？　味方？

隣国で策謀の渦中に放り込まれるより先にここで死ぬってこともあるんじゃないの？

苛酷な運命の扉が開かないように、私は必死で馬車の扉を押さえていた。

国に残って妹のイジメにあっていた方がマシだったかもしれないと思いながら。


「洗いざらい吐いてください」

地獄のような襲撃の時間が終わると、エルセードは何食わぬ顔で馬車の中に戻ってきた。けれど抜き身の剣にも、その服の袖にも血が付いている。

気を失ったりはしなかったけれど、流石に流血には慣れていないので、私は言葉を失い彼から距離を取った。

エルセードは怯《おび》える私を見て、もう大丈夫だから目を閉じていろと言ったけれど、そんな訳にはいかない。

けれど、血腥《ちなまぐさ》い彼と揺れる馬車の中で話し合いをする気になれなかったし、騒乱の緊張でドッと疲れが出ていたのか、思い悩んでいる間に緊張からの疲労で眠ってしまった。

宿に到着したと起こされた時には、寝起きで頭がぼんやりしていて、促されるまま彼に続いて馬車を降りた。

こんなに多くの騎士が同行していたのかというくらいの騎士達に囲まれて建物の中に入り、部屋へ案内されているうちに覚醒し、椅子に座ったところで頭がはっきりした。

「ワインでも飲むか？」

とグラスに入ったワインを手渡されたところで完全復活した。

ワインを一気に飲み干して、最初に出た言葉がそれだ。

「洗いざらい吐いてください」

「吐く？」

「この件に纏《まつ》わること全て教えてください。あなたの婚約者になった途端殺されるんなら、婚約者は引き受けられません。襲ってきたのは誰なんです？　私も殺されるんですか？」

エルセードは少し驚いた顔をしたが、自分のワイングラスを手に隣にあった椅子に腰を下ろした。

「さっき襲ってきたのはセドの残党だろうな。統制も取れていなかったし、ただの意趣返し程度だろう」

「意趣返しで殺されるんですか？」

「セドの連中は血の気が多いから」

突然殺されかけて血の気が多いで済ますのか。

「お前が殺される可能性はゼロではない。だが精一杯守ってやろう。城に到着したら、警護の騎士を付けてやる」

「城の中でゾロゾロ人を引き連れて歩け、と？」

「安全を担保したいんだろう？」

それはそうだけど。

「お前自身にも、危険の種はあるんじゃないのか？」

「私に？」

「王太子にあれだけ恥をかかせたんだ、無傷というわけにはいかないだろう。よくて慰謝料や賠償金、酷いと追っ手がかかるかもしれないぞ？」

何それ。

「私が婚約破棄されたんですよ？」

「婚約破棄されて泣き寝入りなら問題はなかっただろう。だが、衆人環視の中で王太子よりいい男に乗り換えたんだ、面子丸潰れだろう。ヘタをすると、マルクスはお前に捨てられたと言い出すかもしれないぞ。それにあの妹だ」

「リンリーナ？」

「あの女のセリフは聞こえていた。あれはお前が不幸になることを望んでいた。なのに、お前は自分よりもいい男を捕まえた」

いい男って自分で言う？

でも確かに、美形ではあったけれど育ちの温《ぬる》さと我《わ》が儘《まま》さが顔に出ていたマルクスよりも、精悍《せいかん》で男らしいエルセードの方が好みではあるわ。

いや、そうじゃないか。未《いま》だ王位は継いでいない王太子と、大国の皇帝って意味ね、きっと。

「今ここで私の誘いを断って無一文で市井に下れば、そのどちらかに捕まって悲惨な結末を迎えることになるだろうな。だが私と来れば、守ってやれるし、生活は安泰だぞ?」

その言葉に考え込んでしまった。

確かに、マルクスは気位が高い。

婚約者が自分より頭がいいというだけで拗《す》ねるような男だ。

一方のリンリーナは多分義母の教育のせいで、私のことを何をしてもいい人間だと思っている。

私が消えたことでもう終わりだと思ってくれていればいいけれど、彼が言う通り徹底的に潰したいと考えたら……。

「セドの人間や弟の派閥がちょっかいを出してくることは否定しない。だが対処はする。私に従った方が、市井で働きながら怯えて暮らすよりは悪くない生活だろう?」

心が揺れるわ。

前世では逞《たくま》しく生きてきたけれど、この世界では生粋の令嬢だったし、市井で生きることがどういうことかしっかり把握しているわけではない。

しかも、彼に無理やりここまで連れてこられたから、事前に準備していた荷物は何一つ持ち出せなかった。

　ここで断って、いかにも貴族令嬢でございという格好で放りだされては、あっという間に野盗の餌食だろう。

　逞しいとはいっても、それは生き方の問題であって、決して腕力があるというわけではないもの。

「……わかりました。細かい取り決めをしましょう」

　大国の皇帝と婚約。しかもワイルド系イケメン。

　なのにどうして圧迫面接の上に強制就職の感が否めないのだろう。

「基本、皇帝の婚約者であるための装飾費は当然そちらの負担で。侍女など身の回りの世話をする人間の選定は私個人にさせてください。帝国の歴史等の勉強時間と教師の用意もお願いします」

　就職しなくちゃいけないなら、条件はキッチリカッチリ言いますとも。

　どう見てもブラック企業相手になあなあでやって、後から苦しみたくないわ。

　相手が私に求めるものを明確にして、私の自由と身の安全を保証してもらう。

　知識の共有も重要。

　報酬も『贅沢させてやる』なんてあやふやなものではなく、個人資産として名義変更して欲しい。住居も。

何より、結婚はするけれど内実は白い結婚でいること。その代わりエルセードが何人愛人を作っても文句は言わない。

「……お前は、商人の勉強でもしていたのか？」

滔々《とうとう》と語り出す私に、彼は呆《あき》れたような目を向けた。

「まあそんなようなものです。一人で生きていこうとしていたのですから、不思議なことではないでしょう？」

「思いつきで行動していたわけではないのだな。行き場のない女を利用しようと思っていただけだったが、セレスティア自身に興味が湧いてきた」

「それはありがとうございます」

今、利用しようって言ったわね。

親切なだけとは思っていなかったけれど、ちゃんと条件を出してよかったわ。でなければいいように搾取《さくしゅ》されただけかもしれないもの。

「さっき馬車の中で敬語を使わないということも言っていたな。あれは何故《なぜ》だ？」

「特別な親しさを表すのにいいと思ったからです」

それと、焦るとつい前世の言葉使いになってしまうので、不敬罪を問われないようにという備えだ。

「私が陛下と特別に親しければ、他の人も文句を言いにくいでしょう？」

「となると、我々の出会いも決めておいた方がいいな」

「ですわね。それと、私をこのままそちらのお城へ連れて行くのでしたら、入場前に支度を調えさせてください」

「もちろんだ。珍しい銀の髪と美しい顔立ちを存分に磨いてから連れて帰る」

「あと、条件は書面で残してくださいね？」

「……本当にお前は侯爵令嬢か？」

そんな訝《いぶか》しげな目で見られても。この世界では正真正銘の侯爵令嬢です。

「生まれは侯爵令嬢です」

「生まれは、か。これは一度身辺調査をした方がいいかもしれないな」

エルセードはもう一度自分のグラスにワインを注いで飲み干すと、不敵な笑みを浮かべた。

「疑うのは自由ですが、連れてきたのはあなたですからね？」

不覚にも、その顔に胸が鳴ってしまった。

だから、私はワイルド系が好みなのよ。

それを隠すために視線を逸《そ》らしたけれど、これだけは確認しておこう。

「もちろん、寝室は別ですよね？」

「さあ、どうかな？」

「陛下？」

「『エルセード』だ。そう呼んだら別にしてやる」

貴族の令嬢は初対面の男性を家名ではなく名前で呼ぶ習慣がないから、私もそれで戸惑うと思ったのだろう。

ここまで見てきたならそんなことないってわかるはずなのに。

「では別にしてくださいね、エルセード」

にっこり笑ってそう言うと、何故か彼は苦笑していた。

「ここを使え。私は別室に行く。侍女は宿のメイドを……」

「食事だけ運ばせてくれれば結構です。一人でやりますから」

「……セレスティア、お前は本当にいい女だな」

棒読みの褒め言葉（？）を残して、彼は出て行った。

取り敢えず、これで明日の心配はしなくてもいいだろう。

……いいよね？

ハルドラ帝国の首都は壮麗だった。

現代風に言うならアールデコ調の、直線的だけど装飾のある建物の多い都市。

整備も行き届いていて、道は馬車が横行しやすいようにレンガ敷き。馬の水飲み場として生活用水として、放射状の道の交わる場所には大きな噴水が設置されていた。

私が生まれたマイーラ王国はアールヌーボー調だった。まあまあ生活水準も高かったと思うけど、規模が違う。

都心がどこまでも街が繋《つな》がっているのに対して地方都市は主要駅の付近しか栄えていない、みたいな感じ？

街の規模が違う、みたいな。

あの後、襲撃はなく、まず郊外の離宮へ立ち寄った。

そこで私は支度を整え、彼との馴《な》れ初《そ》めをでっちあげた。

私は過去、母が亡くなった後に領地へ一人で追い出されたことがあった。すぐに母の実家の公爵家から『どうしてセレスティアがいないのか』と問いただされて呼びもどされたのだけれど。

その時に領地で、お忍びで来た彼と出会った。

年齢的には幼い恋となるけれど、それが互いに忘れられない初恋だったということにすればいいだろう。

私は既にマルクスと婚約が整っていたたし、彼も外国人なので、互いに身分を明かさぬまま文通だけを続けていた。

ところが妹とマルクスが怪しくなってきたので、そのことを手紙で相談したら彼がもし婚約が破棄されたら自分のところへ来いと言ってくれた。

その時互いの身分を教え合い、あのパーティに至った。

出会いの数が少ないけれど、私も彼もスケジュールが管理された生活だったので、ねじ込む隙がなかったのだ。

彼がこっそり我が家に忍び込んで逢瀬《おうせ》を……、という案もでたけれど、それでは私が婚約中に他の男性を引き込んだことになるので却下した。

あくまで純愛、だ。

離宮には私の支度をする者達も待ち構えていて、上から下まで綺麗に磨き上げられた。

王宮のパーティに出席するために装ってはいたけれど、強行軍の旅を経た後では万全とは言い難《にく》かったので、ありがたいことだ。

「何て美しいお嬢様でしょう。エルセード陛下がお連れになるのも納得ですわ」

エルセードが離宮に呼び寄せただけあって、集められた侍女達は私に好意的だった。

そしてお世辞ではなく、私はまあまあ美しい方だと思う。

長くうねる銀の髪。リンリーナは老婆のようねと言ったけれど、とんでもない。きらきらとした光沢のある銀色の髪なんて、自慢したいくらいだ。

これは亡き母の公爵家に北方の王家から嫁いだ方がいらしたとかで、公爵家では王家の血筋の証しと褒められていた。リンリーナは恐らくそれも憎らしかったのだろう。

淡い青の瞳は、水色ではなく透けるような青という珍しい輝きで、これもまた公爵家譲り。亡き母も同じ瞳の色だったので、父は自分の恋路を邪魔した女とそっくりの娘だと、愛情を向けてくれることはなかった。

リンリーナの瞳は父と同じ緑だったので、ことあるごとに『私そっくりの瞳だ』と口にして喜んでいたけれど。あれは当てつけね。

まあいいのよ、私には前世の両親に愛された記憶があるから。

心理的には赤の他人のオジサン、しかも愛人作ってたオジサンなんて、こっちも近づきたくなかったし。

睫毛《まつげ》の長い、眦《まなじり》の上がった瞳。通った鼻筋にバラ色の頰《ほお》。薄めだけれどふっくらと形の整った唇。

愛らしさを残した気高さのある顔立ちは、鏡を見る度に前世この顔だったらイージーモードだったろうなあと思っていた。

いや、この世界でだって、あの家に生まれていなければそうだったろう。あの父でなければ、かな。

まあそんなふうに元が良いので、侍女達にたっぷり磨き上げられた私は、自画自賛ではなく本当に綺麗だと思う。

「お支度が終わりました」

とエルセードの前に連れ出された時、彼が一瞬目を見開いたのに気づいて、心の中でドヤ顔をしたものだ。

「綺麗だ、セレスティア」

侍女達がまだ傍らに控えているから、彼はそう言って私を抱き寄せた。

契約上、ハグまでは許可したのですっぽりと彼の腕に包まれる。

前世ほぼ喪女、現世婚約者はいたけれど冷たくあしらわれていた私としては、男の人の大きな腕に包まれるなんて慣れていないから、つい顔が熱くなる。

だって、相手は極上のイケメンなのよ？

「あなたもとても素敵よ、エルセード」

「その容姿であの強さがあるとはな」

お世辞とはいえ褒められて悪い気はしていなかったのに、その一言でがっかりした。

やっぱり男の人って、世界が変わっても黙って言いなりになるような女が好きなのね。

「強くて悪かったわね」

素っ気なく言い返すと、彼は不思議そうに返してきた。

「強くて何が悪い？」

「……だって、男の人はか弱くて言うことをきいてくれる女の子の方が好みでしょう？」

「他の男は知らないが、皇帝の隣に立つ女がか弱くて他人の言うことをきくようでは困るな。その点、しっかりとした芯のあるセレスティアはいい女だ」

忌憚《きたん》のない褒め言葉に顔が赤らむ。

「……そう？　本心なら嬉《うれ》しいわ」

強がってそう言いながら彼から離れた。

可愛げがないのなんてわかってる。人として頑張って生きてきた。でも前世ではそれを認めてくれる男性とは出会えなかった。

だから彼のこんな一言に喜んでしまう。

「さあ、そろそろ行きましょう。これからが本番でしょう？」

「そうだな」

こうして私達は馬車に乗り込み、美しい王都の街並みを抜けて城へと向かった。

アールデコ調の街の最奥、小高い丘を背にした王城は、スペインにある城塞のように角張ったデザインで、重なり合う幾つかの塔が城らしさを演出している。

既に彼の帰還の先触れがあったのだろう。

城門をくぐったところからずらりと並ぶ人々の姿が見えた。

「覚悟はいいか？」

馬車が停《と》まる。

「当然よ」

エルセードがにやりと笑って私の背中をぽんぽんと叩《たた》いてから扉を開けて降りてゆく。

気遣ってくれたのだとわかって、叩かれた背中を意識してしまう。

開け放したままの扉から、ちょっぴり厭味《いやみ》を含んだお迎えの声が聞こえた。

「お帰りなさいませ。突然城を空けてまでのご用事はいかがでしたか？」

意訳すると、『勝手に飛び出したくらい大事な用事があったんでしょうから首尾はどうなんです？』ってところかしら？

「もちろん、上手くいったさ。その成果を見せてやろう。セレスティア」

呼ばれて私も馬車を降りる。

エルセードは当然のようにエスコートの手を差し出してくれていた。

その手を取って降り立つと、皇帝を迎える人々の視線が一斉に私に向けられた。

「お前達があまり結婚、結婚と煩《うるさ》いからな、花嫁を連れてきた」

花嫁、という言葉に一瞬ざわめきが広がる。けれど、皇帝の言葉を邪魔してはいけないと悟ったのか、すぐに静寂が戻る。

「そちらは、どちらの御令嬢でしょうか？」

問いかけたのは、彼の目の前に立つ老紳士だ。

皇帝に許可を得ることなく話しかけられるところといい、先ほどの厭味交じりの問いかけを口にできるところといい、ある程度身分のある人なのだろう。

遠慮なく、私を上から下までジロジロと眺め回してくる。

「私の花嫁に不躾《ぶしつけ》な視線を送るな、サイモンド」

彼の名前はサイモンドというのね。顔と名前はどんどん覚えていかなくちゃ。

「彼女はマイーラ王国のセレスティア・キッシェン侯爵令嬢だ」

エルセードが紹介した時に、またざわめきが広がった。

私の顔は知られていないはずだけれど、名前だけは知る者がいるのかもしれない。隣国の王太子の婚約者として。

私は優雅に微笑《ほほえ》むと、最上のカーテシーを見せた。

「皆様、お初にお目にかかります。セレスティア・キッシェンでございます」

臆することなく、ここにいて当然だというように。

「その名は耳にしたことがございますな。確か隣国の王太子殿の婚約者が同じ名であったかと」

やはり知られていたか。

ここからはエルセードに全てを任せよう。

「攫《さら》ってきた」

「陛下？　それはどういう……」

「言葉の通りだ。だが、王太子の婚約者ではない」

「どうぞ、私めにわかるようにご説明を。隣国との仲をこじらせるわけには参りません」

エルセードは人をからかうのが好きなようね。

説明をわざと後回しにするのだから。

「公式の席で王太子自らが彼女との婚約を破棄した。自分とは無関係だと言い切って。なのですかさず彼女にプロポーズして連れ戻った。婚約者のいない女性ならば私が求婚してもいいだろう？」

「しかし……！」

「お前達は常々、皇帝となったからには世継ぎのことを考えて身分のある女性を妻にと言っていただろう。セレスティアは侯爵家令嬢、教育も『元』王太子の婚約者とて立派なものを受けている。文句はないはずだ」

「それはその……」

出自としては文句の付けようがないわよね？

「何より、私が彼女を愛している。今までは婚約者がいたから口にすることもできなかったが、今はフリーだ。誰に後ろ指をさされることもないだろう」

彼の『愛している』のところで、また空気がざわつく。

本人曰《いわ》く、今まで特定の女性の影はなかったそうだから、皆驚いているのだろう。

「ガーラス」

名前を呼ばれて、後ろに並んでいた貴族男性の仲から一人が前へ歩み出た。

「正式に文書を作り、キッシェン侯爵家に婚約の申し込み書を送れ。支度金はたんまりと渡して、反対をするならば我が国への叛旗とみなすと書いておくように」

「あちらの家には何も言わずに？」

「私が彼女に求婚した席にはいたようだが、異議を唱えることはなかった。それをして了承と見なした」

多分、両親としても驚いて動けなかったのでしょう。父は大国の皇帝の前に『異議あり』と出てこられるような度胸のある人ではないもの。

「婚約式はすぐに行う。だが結婚式は少し待ってやろう。セレスティアも知らぬ国へ来て学ぶことも多いだろうからな」

「もしあちらが異議を申し立てたらどうなさるのです？」

「それを上手くやるのが外務大臣の仕事だろう」

ガーラス殿は外務大臣なのね。

「とにかく、これで私の結婚については問題ナシだ。すぐにセレスティアのための部屋を用意しろ。私の気が逸《はや》って身一つで連れてきてしまった。身の回りのものも全て用意してやれ。彼女は未来の皇妃だ。恥ずかしくない支度を頼んだぞ」

納得しかねるという空気は残るけれど、彼に文句を言える人はいないようだ。

「ああ。そうだ。途中で賊に襲われた。賊は全員斃《たお》したがな。詳しい報告はサージェスから聞け」

サージェスは既に紹介済みだ。私達に同行していた騎士で、エルセードの腹心の部下。

何かあったらサージェスに言え、と言われている。

「いつまで花嫁を外に立たせておくつもりだ？　そこを退け。訊《き》きたいことがあるのなら、後にしろ。さあ、行くぞ、セレスティア」

「はい、陛下」

再び差し出された彼の手を取り、私は微笑んだまま彼に連れ出された。

居並ぶ人々の探るような視線、好奇の目。でもそんなもの、王太子の婚約者にされた子供の時から受けているから何の問題もない。

私は皇帝が連れてきた娘。侯爵家の令嬢。何一つ恥じることなどない身なのだから、付け入る隙など与えず堂々としていよう。

お芝居はもう始まっている。

もしくは、負けることのできない戦いが。

私に与えられたのは、エルセードの私室の隣の部屋だった。

本来ならば、結婚して皇妃となってから与えられる部屋なのだが、防犯上彼の近くにいた方がいいからということで決められた。

ただし、寝室は別で、続きの扉にはサイモンドによって鍵が掛けられた。

正式に成婚するまでそのような関係になられては困る、とのことで。

早く世継ぎが欲しいのは山々だろうが、私の経歴からすれば隣国から文句が出るかも知れないので、ゴタゴタがないとわかるまでは、ということでもあるのかも。

その慎重さは私にとってはありがたい。

エルセードは嫌いじゃないけど、そういう気持ちにはなれないもの。契約でも、基本は白い結婚。つまり性交渉はナシということになっている。

彼が強引に『双方がその気になったらアリ』という一文を付け加えたけど。

結婚してもナシなんだから、婚前なんて更にナシよ。

私にとってその部分で味方になってくれそうなサイモンドはエルセードの侍従長で爵位は伯爵。

役割的には『じいや』といった感じだった。横柄で尊大な彼に面と向かって意見できるのは、彼と護衛騎士のサージェスだけらしい。

皇妃付きになる『べき』侍女長というレイソン夫人は、年配のいかめしい女性だった。『べき』というのは、私が命じたのではなく、しきたりというか年功序列というか、そういうもので決められた人だったから。

事前に確認したところによると、レイソン夫人は派閥には属していないけれど、エルセードに忠実というわけでもないらしい。

中立、といったところかしら？

なので私は彼女はそのままにして、自分の侍女は別に選ぶことにした。

既婚者で子供がいて、夫がエルセード側の女性。

計算高いかもしれないけれど、そういう女性なら子供の将来を考えて、夫の立場を考えて、エルセードの望みを叶《かな》えようとしてくれるだろう。

そうしてついたのがポンピス伯爵夫人、アンナニーナだ。

ポンピス家は伯爵の中では下の方というのもよかった。

あまり上位にいると権力争いに加担することもある。けれど伯爵位ならば、相当上の人間相手でなければ拒絶できる爵位だ。

私の選定基準を聞いたエルセードは「したたかだな」と感心していた。

「女は自分を誉《ほ》めそやすか、自分より見劣りする人間を側に置きたがるかと思った」

「社交界で目立つことが主体の女性ならそれでもいいかも知れないけれど、私は命がかかってますからね。したたかにもなります」

この侍女の選定を始めとして、城へ到着してから三日間は怒涛《どとう》のように忙しかった。

何せ身一つで連れて来られたので、ドレスや下着など身の回りのものを揃《そろ》えなければならない。

前世だったらブティックに入って『ここからここまで届けて』で済んだだろうけれど、この世界ではオーダーメイドが当たり前。

既製品という概念もなければ当然プレタポルテもない。

服を作るとなれば布地から選んでサイズを測って、凝ったデザインのドレスは突貫で作っても一週間はかかる。

となると用意されるのはお下がりになるのだが、服のお下がりは上位の人から下位の者にされることになっている。

母や姉から娘や妹。主から召し使い。公爵、侯爵家からそれより下の家へ。他家から払い下げられたドレスなんて、私はあなたより格下ですと言っているようなもの。

侯爵令嬢としてなら、公爵家の方のドレスを譲っていただけるという可能性もあっただろうが、私は未来の皇妃。

私より上の身分となると皇家の女性だけになるのだが、存命している皇家の女性はエルセードの伯母様、叔母様達で年配ばかり。

仕方なく、彼の許可を得て彼のお母様のものを借りることにしたのだけれど、どれもデザインが古いのよね。

なので、リメイクするしかなかった。

あっちを切って、こっちにレースを付けてと、私が縫うわけではなくても現代風のアレンジも加えながら指示を出すだけでも大仕事だった。

更に帝国の歴史とマナーも学ばなければならない。

エルセードは他国から来たのだから知らなくても当然だ、気にするなと言ってくれたけれど女の戦いはそういうものじゃないのよ。

あら、こんなこともご存じなかったの？　とマウント取られるのは必至。

他にも使用人の顔と名前も覚えなければ。

通常、上位貴族の方々は家に身分のある侍女の名は覚えても、メイド等は名前を覚えたりはしない。

用事をいいつけるだけの人間なんて、『そこのあなた』でいいのだ。

我が家でもそうだった。両親や妹が名前を覚えているのは、お気に入りの者だけだったろう。

私は味方を作りたかったからちゃんと覚えたけど。身分が下の者ほど、名前を覚えてもらえることに感激するのだ。

これも身分制度が厳しいこの世界ならでは、ね。

でも私は護身のために覚えなければならない。見ず知らずのメイドが用意したお茶なんて、飲む気にならないもの。

そうして迎えた四日目、私はエルセードと共に彼の私室でお茶を飲んでいた。

「ありがとう、ミーナ。お茶はミルクを多めにね」

メイドにそう声を掛けた私に、エルセードは驚いていた。

メイドの顔と名前を覚えたのか、と。

彼女達が去ってから、私がその理由を説明すると、彼は感心していた。

「用心深いな」

「あなたがここには危険があると言ったからよ。私は死にたくないから、そのための努力はするの」

タメ口ＯＫの許可を得ているので、気遣いなく答える。

「マナーだけでなく歴史も学んでいるそうだな」

今日の彼は白いシャツに黒いパンツ。部屋から出る時には装飾のある上着を羽織るので、中はラフで動き易《やす》いものにしているらしい。

でもそのラフさがかっこいい。

「ええ。それが終わったら、この国の芸術家の名前と作品も覚えるつもり」

「芸術家の？　何故？」

「会話の中に出てくると困るからよ。貴族女性の嗜《たしな》みと思われるものは全部知っていないと。一々『それはどなたでしょう？』と聞き返せないでしょう？」

「聞けば答えてくれるだろう」

「聞き返すことで、そんなことも知らないのかと思われるのが嫌なの。あなたは外国人だから気にするなと言ってくれたけれど、外国から来たから物知らずな女、やはり他国の女はダメだという評価に繋がるのよ」

「プライドが高いな」

　鼻先で笑われたのでカチンとくる。

「ご自分に置き換えてくださいな。他国で『ハルドラの皇帝はこんなこともご存じない』『所詮外国の人間だから知らなくても仕方ないだろう』と言われたらどう思います？」

「……ムカつくな」

「では、自国の人間しか知らないようなことをあなたが知っていて『さすが皇帝陛下』と言われたら？」

「……気分がいい」

「簡単に言えばそういうことです。自分の気分がよくなるというだけでなく、私はあなたの婚約者として完璧に振る舞うことを約束したので、『やはりあの女ではダメだ』と言われないようにしないと」

大変なのよ、少しは褒めて。

そう思ったのが通じたのか、彼は寄りかかっていた椅子の背もたれから身体を起こして私の顔を見た。

「私は本当にいい拾いものをしたようだ。そしてマイーラの王太子は本当のバカだな」

「褒めてます？」

「褒めているさ。本気でセレスティアに惚《ほ》れそうだ」

真面目な顔でそんなこと言わないで。ドキドキしちゃうでしょう。

「お前ほど度胸があって頭の回る女には会ったことがない」

「女は男の前ではバカな振りをするものよ。私くらいの女性なんていっぱいいるわ」

「おまけに謙虚という言葉も知っている」

エルセードはカップをテーブルに置いて立ち上がると、私の座っていた椅子の肘置きに腰掛けた。

「セレスティアの口から出てくる言葉は、どれも新鮮だ」

伸びてきた手が、私の顎を取る。

「次はどんなことを言い出すのかと期待が膨らむ」

恥ずかしいから、その手を軽く叩いて顔を背ける。

「期待されるようなものはもう出ませんわ」

「そうか？」

面白がってるわね。声でわかるわ。

「一週間後にお前の披露目のパーティを行う」

「一週間？　早すぎます」

驚いて顔を戻すと、思っていたより近いところに彼の顔があって身体を引いてしまう。

それがまた面白かったのだろう、余計に顔を寄せられた。

「それだけ肝が据わってるのに、男に近付かれるのは苦手か？」

「経験がありませんから」

「婚約者がいたのにか？」

「マルクスは妹に夢中でしたから」

「キスもしなかったのか？」

「するわけありません。結婚前ですよ」

妹やあの男にはなかったとしても、私にはちゃんとした倫理観と貞操観念があるのよ。

「重畳《ちょうじょう》、重畳。あいつは本当にバカだな。王になるのならば賢い女を妻にするべきだ。だがあいつがバカだったお陰で俺はお前を手に入れられる」

望まれている言葉だけれど、所詮は『私』ではなく『頭のいい女』という言葉に、素直には喜べない。

「陛下にとって有益と判断されて何よりです」

「つれないことを言うな、もっと……」

「エルセードと私が婚約するのは決まってるのですから、理由などどうでもいいです。それより、一週間ではドレスもようやく仕上がる程度ですよ？　まだ準備ができていないことが多過ぎます」

「ドレスができていればいいだろう。それに、リメイクしたドレスの評判もいいぞ」

そりゃあね。現代のトップデザイナーのデザインを参考にしてますから。

「知識やマナーがまだ足りないのですから、無理です」

「言ってることはわかる。だがお前を隠し続けるのはもう限界だ」

「隠すって……」

「誰にも会わせずにおいたんだ、隠してるだろう？」

「それはまあ、そうですね」

皇帝の婚約者となればあちこちに挨拶回りをして当然だろう。公式行事にだって出席するべきだ。

母国で私が出ていかなかったのは、マルクスがいつか私とリンリーナを入れ替えようとしていたから、私を婚約者と印象づけないようにしていたからだろう。けれどここでは逆に印象付けたいのだから顔を見せるべきだ。

「弟のグリニード、グリニードの母である側妃のクレイナ。クレイナの実家であるロクセリア侯爵家とその一派。人質であるセドの王女サリーダ。今のところそいつらがお前の敵で、お前に会わせろと騒いでいる」

それは当然か。

「グリニード自身は姑息《こそく》ではあるが臆病だし、クレイナはおとなしい女だから押さえ込むことができる。だがロクセリア侯爵は私を退位させてグリニードを立て宰相として権力を得たい野心家で、力もある。そのロクセリアの助力を得て、上手い言葉で味方を増やし、城の中を自由に歩き回るサリーダ」

「何故人質のサリーダに自由があるのですか？」

「他国とはいえ王家の人間である以上礼を尽くすべきという者、サリーダに何かあればセドの残党が問題を起こすだろうから丁重に扱った方がいいという臆病者のせいだ。そいつ等にロクセリア侯爵が裏で手を貸している」

「あなたの権力は盤石ではない、ということね」

「言いにくいことを」

彼は私の頭を軽く小突いた。

「状況は全て話してくれる約束です」

睨むと、軽く肩を竦めて話してくれた。

若くして皇帝となったエルセードを軽んじる者もいないではなかったが、セドを一気に落としたのを見て口を閉ざすことはできた。

力で逆らう者ももういないだろう。

だが転覆を狙い画策する者を一掃するまではいかない。

ロクセリア侯爵はサリーダを使ってセドの残党と連絡を取り、利用しているのではないかと睨んでいる。

国内を平定させようとするとセドの残党が行動し、セドの残党に対応していると国内で問題を起こされる。

どちらにも対応しようとすれば、どちらもが手薄になる。

そこへ花嫁の問題で、叛意《はんい》のない者まで騒ぎだして面倒が増えた。

「だから一つだけでも片付けて置きたいんだ」

聞けば、かわいそうになってしまうほどの手詰まり感ね。

力があっても、それを国民に対して奮えば暴君と呼ばれてしまう。下の者の意見を聞き続けていれば甘く見られる。

しかも敵は国の外と中で連携してる。

……中間管理職みたい。

「わかったわ。一週間後のお披露目《ひろめ》、お引き受けします」

「そうか、よかった」

「ただし、私からの要望も受け入れてください」

「要望？」

「私を溺愛してください」

「……皇妃に興味が出たか？」

勝ち誇った笑みに『俺に惚れたか？』という言葉が見える。

「まさか」

彼の言葉を、私は一蹴した。

「私には後ろ盾がありませんから、あなたを後ろ盾にするんです。私が何をしてもあなたは許す。私に何かあったらあなたは怒りで何をするかわからない。だから私には手を出さない方がいいと思わせたいんです」

「なるほどな」

「そして、あなたができないことを私がしてあげます」

「私にできないこと？」

「ええ」

「どんなことだ?」

興味深げに彼が身を乗り出す。

元から距離が近いところに座っていたので、更に顔が近くなった。

イケメンの至近距離は気まずいわ。

「サリーダをあなたから遠ざけ、ロクセリア侯爵をおとなしくさせます」

「そんなことができるのか?」

「確約はしませんが、行動してみます」

エルセードは体を起こし、顎に手を当てて考え込んだ。

うん、離れてくれれば鑑賞できていいわ。真面目な顔をすると、イケメン度が何割か上がるわね。

気持ちをしっかり持たないと、惚れてしまいそう。

結婚するんだからそれでもいいかもしれないけど、打算で結婚する相手に惚れるのは不幸でしかないもの。要注意よ。

「許可してもいいが、その行動とやらを詳しく説明しろ」

「いいわよ。それじゃ、話し辛《づら》いから席に戻って」

「どうしてだ?　溺愛されたいんだろう?」

あ、またにやにやとした笑い。

「いいから、戻って。真面目な話をするのよ」

「はい、はい。私の婚約者殿は気難しいな」

エルセードが渋々と元の向かいの席へ戻る。

私は咳払《せきばら》いを一つして背筋を伸ばしてから口を開いた。

「まずこの国の財政状況を教えて、それによって方法を変えるから」

面倒だけれど、ここで生きていくしかもう私に道はないのだと諦めて。


ハルドラ帝国は大金持ちだった。

私にやりたいことがあるなら好きなようにやれと言われた。

とはいえ、無駄遣いは好きではないので、経費は抑えるつもりだけど。

まずパーティに出席するためのドレスと装飾品にはお金をかけさせてもらった。

お披露目のパーティとしか言われなかったけれど、その後の会話でそれが婚約披露のパーティだと知ったので、リメイクのドレスではなく新しく作ったドレスでなければならなくなったからだ。

皇帝の婚約者がリメイクしてもお古のドレスで初お目見えとはいかないもの。

新調したのはエルセードの瞳の色であるブルーのドレス。まだこの世界では珍しい、ジョーゼットを幾重にも重ねた軽やかで動きのあるものにした。

ドレスを頼んだ時、仕立て屋はその斬新さに感動すらして、この夜会が終わったらこれを自分のところから売り出したいと願い出たくらいだ。

もちろん、許可してあげた。

薄い布地を扱うにはコツがいるので、きっと独占販売になるだろう。

その利益を享受させる代わりに、彼女は私の味方になる。

布で作る造花、コサージュもこの世界には存在していなかったので、それも教えてあげた。

生花を髪に飾ることはあったが、生花は持ちが悪い。夜会の終わりにはしおれてしまうこともある。

けれど造花ならばその心配はない。

今の私の髪にはレースとシルクで作られた青いバラのコサージュが飾られ。下ろした髪には同じブルーのビーズで作られた細いリボンが編み込まれている。

布のコサージュとビーズのリボン。決して高価ではないけれど、斬新で美しい装いとなっている。

支度を追えた私を控室に迎えに来たエルセードも、驚いた顔を見せてくれた。

「さすが、我が花嫁は誰よりも美しいな。太陽が昇る前の明けの空のように銀と青に輝いて、女神のようだ」

侍従やメイドの前だからそんな歯の浮くようなセリフを口にする彼も、とても美しかった。

黒い礼服に銀の飾り。銀は多分私の髪色だから使ったのだろう。婚約者は相手の髪や瞳の色を身に纏うものだから。

「エルセード様こそ。漆黒を纏った夜の王ですわ。凛々《りり》しくてお美しい」

「では我らは夜を統べる者だな」

「今宵《こよい》は夜会ですから、それでよろしいかと」

「共に朝を迎える日が待ち遠しい」

それって初夜を迎えたいって意味よね。

「まあお気の早い」

それはまだまだ先よ。しかも儀式だけ、の約束なのを忘れないで。

けれどにこやかに彼の腕に手を通し、エスコートされながら大広間への道を進む。

自分で言うのも何だけど、今世の私は美しいと思う。そこだけは神様に感謝しちゃう。

前世の自分が嫌いだったわけではないけれど、美しいというだけで一つ自信が持てるし、お洒落《しゃれ》に興味も持てたもの。

話題の中心である若き皇帝と突然現れた婚約者というだけでなく、この美しさもあって、広間へ足を踏み入れた途端、会場中の視線が集中した。

「エルセード皇帝陛下、並びにキッシェン侯爵令嬢セレスティア様」

呼び出しが名を呼ばなくても、ここにいる全員が私達のことをわかっているのだ。

彼に導かれ、共に玉座に向かう。

二つ並んだ椅子に、彼はそのまま腰を下ろした。

だが私は彼の隣に立ったままでいた。

「どうした？　何故椅子に座らない？」

「私はただの侯爵令嬢ですもの。皇帝と同じ高さに置かれた椅子には座れませんわ」

玉座の周囲にはいる老獪《ろうかい》なタヌキ達に聞こえるように答えた。

「私が許す、座れ。お前にはその権利がある」

「まあ、まだ婚約程度ですのに皇妃を気取るような愚かな女になさりたいのですか？」

「お前は既に私の妃と決定している。変更はない。セレスティアを皇妃として扱うに何の不都合があろうか」

「ありがたいお言葉です」

これは計画的な問答。

まずは私が手にしていない権力を振りかざすような人間ではないと印象付けること。

同時にエルセードは私に権力を与えていると認識させるためでもある。

結婚式は挙げていなくても、私には既に皇妃と同等の権力を行使できると、外ならぬ皇帝が認めているのだ、と。

「ですが今日はまだ皆様とは初対面。ご紹介もいただいていない身ですから、こちらで控えさせてくださいませ」

「では次回からはそちらの椅子に座るように」

「かしこまりました、陛下の思《おぼ》し召《め》しとあれば」

次から私が皇妃の椅子に座るのは、皇帝の命令だからと周知させる。

この儀式を終えてから、彼は会場へと視線を向けた。

一番近い場所に多っている金髪の若い男性が弟のグリニードね。

肖像画で顔を確認していたのもあるけれど、精悍な顔立ちがエルセードにどことなく似ているからすぐにわかった。

ただ、エルセードが知的ならば弟は狡猾《こうかつ》といった雰囲気だ。

グリニードは何も言わず私達を見ていた。

エルセードも彼には目もくれない。

兄弟の関係がよくわかるわ。

「お前達に紹介しておこう。セレスティアは我が妃となる。彼女が私の婚約者であることをここに公式に宣言する。これは私が決定したことだ。それに異議を唱えることは我が意に反することと心得よ」

つまり、もう文句言うなよ。文句言ったら謀反と捕らえるぞ、と。

一先《ひとま》ず、表向きはこれで色々言ってくる人間はいないだろう。

まあ裏ではどうなるかわからないし、エルセードには言わなくても私に言う者はいるだろうけど。

「今宵はセレスティアの披露目の席だ。存分に堪能するがいい」

宣言すると共に、彼は立ち上がり私の手を取ってフロアに下りた。

パーティの開会の宣言は校長先生の挨拶みたいに長いものだと思っていたけれど、彼はそういうのが嫌いらしい。

楽団がすぐに音楽を奏で、私達はフロアの真ん中で踊りだした。

「流石に上手いな」

「ありがとう。伊達《だて》に王太子の婚約者教育は受けてないので。エルセードもお上手よ」

「こっちも、伊達に皇太子の教育は受けていないさ」

お世辞でも何でもなく、彼のダンスはとても上手かった。

マルクスとは立場上何度も踊ったけれど、子供の頃はイマイチ上手くなくて、やっと上手になったかと思ったら既に心はリンリーナに向かっていたから気も漫《そぞ》ろ。

楽しいダンスというのは記憶にない。

でもエルセードとのダンスは楽しかった。

同じくらいの力量だということもあるけれど、彼は『私』を踊らせようとステップを変えてきたり、大きなターンを入れてくれる。

薄手の布を重ねたスカートはその度に大きく翻って、女性達の視線に称賛が混じる。

きっとすぐに同じタイプのドレスが流行《はや》るだろう。

「この後は本当に一人にしていいのか？」

「ええ。あなたが側にいると敵が寄ってこないもの」

「敵とわかっている者に対峙《たいじ》しようという度胸は認めるが、怖くないのか？」

「パーティ会場で私に害をなせばどうなるかがわからないほどのおバカさんはいないでしょう？　それに、私にはアレがあるもの」

「ああ、あの謎の発明品か」

彼はパーティに出席するに当たって、私に女性の護衛騎士を付けてやろうかと言ってくれた。

けれどそんなものを付けていては敵は姿を見せない。

敵というのは姿が見えない時が一番怖いもの。

オフィスでも学校でも、誰がやってるかわからない嫌がらせは一番困ったものだ。でも相手が誰だかわかっていれば回避もできるし、対抗することもできる。

なので、まずは私を排除したいと思っている人間を炙《あぶ》り出したかった。

とはいえ丸腰で立ち向かうのも怖いので武器は用意してもらった。

なんと言っても、ここは日本とは違う。

自分の目的のために人を殺すことだって厭《いと》わない倫理観の世界なのだ。

「アレは今も持ってるのか？」

「ええ、ポケットに」

「ドレスにポケットを付けたのか？」

「その方が便利でしょ？」

「確かにな。女性の服には必要のないものだと思ってたが」

「女性の方が持ち歩きたいものはたくさんあるのよ」

「ナイフだって用意できたんだぞ？」

「刃物は相手に取られたら終わり。相手に武器を与えるようなものだわ。その点、アレなら私にしか使い方はわからないし」

「便利だから量産したかったんだが」

「もう少し待ってね。それに、もっと小型にしてもらいたいのよね」

「言っておこう」

音楽が終わり、会話はここまで。

互いに礼をしてダンスを終え、フロアから下りる。

「退室の時には迎えにくる。一人で会場からは出るな」

周囲に聞こえるように言って、彼は私を抱き寄せて額にキスした。

う……、慣れないわ。

「一人にさせたくはないが、男の付き合いというものがあるからな」

「では私は女性のお付き合いをいたしますわ。きっと皆様優しい方でしょうし」

「だといいがな。では、また後で」

彼が私から離れると、あっと言う間に男性達が彼を取り囲んだ。

役職にある人か、有力貴族か、友人か。まだそれはわからないけれど、彼には彼の仕事があるのだろう。

私はにこやかに近くにいる女性達へ視線を向けた。

それが合図となって、私の方も女性陣に囲まれる。

「御機嫌好う、皆様」

貴族社会では、身分が下の者から上の者に声掛けはできない。初対面ならば紹介者も必要となる。

けれど上の者から声がかかればＯＫサインとなるので、私の挨拶の一言でわっと皆が声を掛けてきた。

「セレスティア様、初めてお目にかかります。ゴンソン侯爵の妻、ロザリーと申します」

最初は身分のある中年の女性。

「私はドーン伯爵の妻、エレイアでございます」

次々と自己紹介が始まり、必死になって顔と名前を覚えた。

ここで先に自己紹介をする者は、ある程度有力な家なのだろうから。

空気の読めない人というのもいるけれど、そういう人の挨拶の時には、周囲の人達の顔が歪《ゆが》むのですぐにわかる。

「私、この国のことはあまり存じ上げませんの。どうぞ皆様色々と教えてくださいね」

こちらが下手に出ると、派手に着飾った女性がズイッと一歩前に出てきた。確か、メイル伯爵夫人だったわね。

「セレスティア様はとても珍しいドレスをお召しになってらっしゃいますのね。それはお国の流行りなのですか？」

「いいえ。これは私が考えたものです。デザイナーの方にも褒めていただいたのですが、おかしかったでしょうか？」

「いいえ、とても素敵」

私をどうこう言うよりも先にドレスのことに言及するなんて、ファッションリーダー的な方かしら？

だとしたら、好意を得るのは簡単そうね。

「ありがとうございます。マダム・ロレインの工房で作っていただいたのですが、これからあちらでも売り出すそうですわ」

「まあ、セレスティア様のデザインなのに、真似《まね》をされてもよろしいの？」

「勝手な発案ですもの。皆様が受け入れてくださるなら嬉しいだけですわ。それに、こちらで流行すればこのデザインはハルドラのものになりますでしょう？　マイーラでは着ている人はいませんでしたから」

素敵なデザインのドレスが自国の発信だという言葉に皆は目を輝かせた。

「そうですわよね。セレスティア様の出身はマイーラ王国であろうとも、これからは我が国の皇妃になられるのですもの」

「それにその髪のお花。布で作ってらっしゃるの？」

「はい」

ここで別の女性からちょっと厭味が入る。

「皇妃になられようという方が、布の髪飾りだなんて……」

語尾をごまかしたけど、これは批判よね。

「宝石も素晴らしいと思いますけれど、こうして布で作ると『ただ一つ』の物が作れますでしょう？　宝石ですとどうしても似たデザインになってしまいますし。華やかさはこのビーズのリボンで補えますから」

髪に混ぜて流しているビーズのリボンを手に取ると、ビーズが光を反射して輝いた。

「そうですわよね。ビーズも踊ってらっしゃる時にキラキラと輝いて、とても素敵でしたわ」

褒めてくれたのはまたメイル伯爵夫人だ。

「髪を結い上げる方は、一本だけでも流したまま一緒に結われたら、きっと豪華になられるでしょうね」

「それも私達が真似てもよろしいの？」

「私はまだ結い上げておりませんから、真似ではありませんわ。それにお花だって、皆様のお好きな花をモチーフになさったり、布の素材を変えればその方だけのものになりますもの。花言葉を選んで飾るのもよろしいですわよね」

思った通り、髪飾りと新作ドレスで話題は持ちきりだった。

私に嫌がらせをしたそうな何人かも、ファッションリーダーらしきメイル伯爵夫人がねじ伏せてくれた。

どうやらファッションだけでなく、この方は発言力もあるようだ。

是非お友達にならなくちゃ。

「マイーラでは、新しいデザインを考えてもそれを形にすることができなかったんです。あちらは考え方が古くて。けれど陛下がこの国は自由だから、好きなようにしろとおっしゃってくださって」

マイーラよりハルドラの方が先進的。陛下は私を自由にさせている。そんな内容を含んだ言葉に皆が頷いていたところ、一人の若い女性が割って入った。

「キッシェン侯爵令嬢は、マイーラの王太子の婚約者でしたものね。だから自由がきかなかったのではありませんか?」

金髪に緑の瞳、可愛らしい顔立ち。挑戦的な物言い。

エルセード狙いのご令嬢ね。

他の人と婚約していたんでしょう、と言えば私が慌てると思った?

「ご存じの方もいらっしゃるでしょうが、その通りですわ。私は家の取り決めでマイーラの王太子と婚約をしておりました。ですが身分を隠した陛下と偶然お会いしてからはとても辛い日々でした」

慌てるどころか、その言葉は利用させてもらいましょう。

私は悲しげな顔で遠くにいるエルセードを見た。

「結ばれないと諦めていたのです。王太子妃の教育で王太子自身はもちろん余人と会うこともままならない日々の中、あの方だけを思うことが唯一の幸福でした」

この国にも、何《いず》れ私がどのように婚約破棄されたかは伝わるだろう。

妹を苛めて放逐された、と。

それが悪い噂《うわさ》となって広まる前にこちらから情報を発信しないと。

「きっと、王太子殿下も私の心にエルセードがいることに気づいたのでしょうね。私の妹と婚約の結び直しをすることを決めたようです。それを宣言された時、エルセード陛下が私の手を取ってくださったのです。お互いもう縛るものはないから、と」

「陛下とはずっとお会いしていたのですか？」

会ってたら不貞でしょう。

「いいえ。偶然何度かだけ。後はお手紙で。監視の厳しい身分でしたから」

王太子の婚約者だったんだから、ホイホイ男の人と会えるわけがない。それは皆も理解できるだろう。

「まあ、では純愛でしたのね」

ここでもまたメイル伯爵夫人がフォローに回ってくれた。

うーん、いい人。

「はい。陛下が私の手を取ってくださった時は、神様っていらっしゃるのだわと思ったものです」

真実は、私が陛下の手を取って求愛したんだけど。

この世界は写真もなければネットもない。所詮情報は伝聞でしかなく、これが事実だと照明するのは人の言葉のみ。

しかも隣国での出来事なんて、曖昧に伝わるものだもの、何とかなるでしょう。

「あら、私が聞いた話とは随分違うようね」

皆が私の純愛ストーリーにうっとりしていると、背後から声が飛んできた。

よく通るはっきりとした声。

私を囲んでいた女性達は声だけで誰だかわかったのだろう、さっとその女性に対して道を空けた。

くすんだ灰色の長い髪をポニーテイルのように一つにくくり、結んだところには宝石を散りばめた髪飾り。

褐色の肌を隠すことなく、胸元を強調したドレスはサイドにスリットが入っている。思わずナイスボディと言いたくなる肉感的な美女。

この国の女性と何もかもが違うから、紹介されなくてもすぐにわかった。

この人が、セドの王女、サリーダだ。

彼女は鳶色《とびいろ》の瞳で私を睨みつけながらにやりと笑った。

攻撃的な人って、自分が正義と信じてるみたいね。

お生憎様《あいにくさま》、私はにっこり笑って彼女の言葉を無視した。

「都合の悪いことは聞こえないフリ？」

私は傍らで戸惑っているメイル伯爵夫人に問いかけた。

「彼女はどなたでしょうか？　ご紹介もないままに話しかけられているということは、いずれかの公爵家の方ですか？」

そう。ここは公式の席で、公式の席にはマナーがあるのよ。

サリーダ、あなたはここでは『身分なし』で、いわば平民と同等。皇帝の婚約者で侯爵令嬢である私より格が下なの。

本来ならば私から声を掛けるか、誰かが紹介しなければ声を掛けてはいけないのよ。

マナー違反、と指摘したつもりだけれど、彼女は怯《ひる》まなかった。

怯まないどころか、周囲の人々を押しのけて私の前に立った。

慌ててメイル伯爵夫人が彼女を紹介する。

「セレスティア様、彼女はセドの王女でいらしたサリーダ様です」

「ああ、亡国の『元』王女様でいらしたのね」

サリーダの目がそれとわかるほど吊《つ》り上がる。

「亡国の『元』王女ですって？」

私は白々しくも驚いた顔をした。

「ごめんなさい。私何か間違っていましたかしら？　セドという国は帝国に無謀な戦いを挑んで制圧されたと習ったものですから。セドは既にハルドラ帝国の属国で、国ではなく一地方なのでしょう？　王家も断絶されたそうですから、あなたがサリーダ様なら『元』王女様ですわよね？」

今まで、皇家に女性がいなかったから、元とはいえ王族の娘、思惑を抱く帝国の貴族にちやほやされて、すっかり自分が格上の存在だと思っていたのでしょう。

でも事実はそうじゃないのよ。

「初めましてサリーダさん。外国の方でしたら、マナーを知らなくても当然でしたわね」

改めて彼女に向かって微笑むと、褐色の肌が赤く染まる。

恥を知ったか、怒っているのか。

「私を礼儀知らずと言うのか」

「いいえ、よろしいのよ。でも次のあることだから教えてさしあげます。この国では、身分の下の者が上の者に声を掛けてはいけないの、初対面の場合は紹介者が必要なのよ」

「私がお前より下？」

「公式の席で他の方を『お前』呼ばわりしてはいけませんわ。私はこの国へ来たばかりですからよくわかりませんが、あなたはどこかの公爵家の養女になられましたの？」

「私はセドの王女だ！」

「セドはもう無い国ですわ」

あなたが言ってるのは、潰れた会社の社長令嬢だと言ってるのと同じなのよ。

「帝国と戦って負けた。だからサリーダさんは人質としてこちらに滞在してらっしゃるのではなくて？」

「セドは無くなってなどいない。私がいる限りセドは存在しているのだ」

「それは危険なお言葉ですわ。つまりあなたが反乱の旗印となって、セドを立ち上げるつもりがある、とおっしゃっているのね？」

年配の女性達の中には険しい視線を彼女に向ける者もいる。

ことここに至って、彼女は自分の発言の失態に気づいたのだろう。ハッとした顔をして一歩引いた。

「そんなことは考えていない。ただ、母国というものは誰の心の中からも消えないと言っているだけだ」

心の中、ねえ。

「そうでしたの。ではわかっていただけますわね。現実、無くなった国の王女は身分のないただの平民なのだと。それが嫌でしたら、しかるべき貴族の養女になられる方がよろしいわ」

どこかの家の養女になった瞬間から、あなたはその家の娘でしかなく、二度と王女は名乗れなくなるけど。

「私は私だ。サリーダ・ミッカスだ。私に流れるのは王家の血、それ以外の者になどならない」

私ごとき元庶民にはわからない誇りがあるわけね。

でも、それはあなたが言っているだけ。

私が侯爵令嬢でも、隣国の者であれば後ろ盾がないように、あなたも国を失えば後ろ盾はないのよ。お互いこの国では『異国の者』でしかない。

ただ一つ違うのは、私は新たにこの国で皇帝の婚約者という身分を得られたけれど、あなたが持っているカードは人質でしかないの。

「口の達者な女め。自分の都合の悪いことを隠すために人を愚弄するとは」

「私に都合の悪いこと？」

サリーダは意地悪く笑った。

「お前は妹を虐待し、王太子に断罪され、愛想を尽かされて公衆の面前で婚約破棄を言い渡されたのだろう？」

周囲の女性達がざわりと騒いだ。

まだ完全に味方に付けたわけではないから、彼女の言葉の真偽を計りかねて動揺しているのだろう。

「行いを咎《とが》められて自国を追い出された女ではないか。お前のような性悪な女は皇帝の妻には相応しくない。血の貴さでは私の方が上だ」

つまり、自分の方が相応しいと言いたいわけね。

周囲があまり驚いていないところを見ると、普段からこういう言動なのだろう。

「私は妹を苛めたことなどありませんわ」

「口でだけなら何とでも言えるわよね」

「ええ、口だけでしたら何とでも言えますわね。人を悪人に仕立てることも」

「私が嘘を吐《つ》いてるとでも言いたいの？　私はちゃんと知ってるのよ」

ちょっとした騒ぎになっていたので、周囲の耳目がこちらに集中する。それでもサリーダは気にしていないようだった。

おバカなのか、自分に絶対の自信があるのか。

けれど注目を集めたお陰でエルセードがこちらに近付いて来るのが見えた。

半笑いのところが気になるけど。

「自国の王太子のことは悪く言いたくありませんから詳しくは申し上げられませんが、陛下もあんな男と結婚しなくてよかったと言ってくださいましたの。それだけでおわかりにならないかしら？　それに、私を悪《あ》し様《ざま》に言うことは、私を選んだ陛下に対する暴言と取られることがおわかりにならない？」

「恐ろしい女ね、私を脅そうというの？　私はセドの王女なのよ？」

「セドという国は無い。何度言えば理解する」

サリーダの背後から現れたエルセードが、彼女を押しのけて私の元へ来た。

「エルセード様……」

サリーダの目から険しさが消え、媚《こ》びる色を帯びる。

あら、権力欲だけでなく、彼女はエルセードが好きなのかしら。

「セドは我が国に攻撃を仕掛けた敵国だ。消滅した国だ。騒乱を避けるために王家の血を引くお前を生かしているが、王女を名乗るならば敵と見なして断罪せねばならない」

「そんな……」

「今のお前はロクセリア侯爵が後見している平民に過ぎない。それとも、侯爵家の養女になったか？　それでもまだセレスティアの身分には及ばないが」

私より格下、とエルセードが明言したことで、彼女は悔しげに唇を噛《か》み締めた。

「エルセード様、そんなに強くおっしゃらなくても、彼女は外国人ですもの、色々とわからないことがあるのですわ」

あなたは無知、と言ってるのよ。

「それに人質として城に閉じ込められているのですから、噂を真実と思い込んだり、世情を知らぬのも当然ですわ」

あなたが口にしたことは偽り。

「随分と悪し様に言われていたようだが、庇《かば》うのか?」

「あら、私はエルセード様が私を愛してくださっていることを信じておりますから、何を言われても気にしませんわ。あなたが私を選んでくださった、そうでしょう?」

エルセードに愛されているのは、私。あなたではないのよ。

「その通りだ。私は数多《あまた》の女性の中で、ただ一人お前だけを選んだ。その選択に後悔など一つもない。マイーラの王太子が間抜けでよかったと心から喜んでいる。言っては悪いが、お前の妹も性悪だしな」

「まあ、エルセード様ったら」

事情はちゃんとエルセードも知っているの。それでも彼は私を選んだ。

だからあなたが口を挟む余地はないのよ。

そのものズバリを言わなくても察するくらいの頭はあるでしょう?

「そろそろお前の披露目は終わりだ。ジジイ共が話をしたがっているようだが、お前の側に男を寄せ付けるのは善しとしないのでな。これで退室する」

「もう、ですか?」

「早くお前と二人きりになりたいのだ。離れていた時間が長かったからな」

私の腰を抱いて引き寄せると、彼はサリーダに目もくれずその場から私を連れ出した。

「本当に愛されてらっしゃるのね」

「あんな陛下は初めて見ましたわ」

囁《ささや》くような女性の声が、驚きを含んで聞こえてきた。

まあ今夜の目的は達成した、というところね。

私は自らも彼にしなだれかかり、共に大広間から出て行った。

しばらく身を寄り添わせていたのは、廊下にも人がいるからだ。

けれど彼の私室へ入った途端、猫が突っ張るみたいに腕で彼を押し戻した。

「はい、終わりよ」

「つれないな。もう少しいいだろう」

「ギャラリーのいないところで芝居はしない主義なの」

「ではメイドでも呼ぶか？」

「冗談でしょう。二人きりになりたいのに」

「二人きりなら何をしてもいいじゃないか」

「エルセード」

近付いて、また私の身体に触れようとしたからひらりと手を避けて椅子に座った。

「はい、あなたもそっちに座って」

向かい側の椅子を示したのに、彼は私の隣に腰を下ろした。長椅子に座らなければよかったわ。

「真面目な話をするから、イタズラはしないでよ？」

「イタズラなんて酷い。婚約者を愛《め》でるだけだろう」

よく言うわ。

「サリーダと話をしたけれど、彼女は私のことを知り過ぎているわ」

まだちょっかいを出そうとする彼を無視して話を始める。

話題が真面目なことだとわかると、彼の手はおとなしくなってくれた。

「マイーラでの婚約破棄のことを知り過ぎていたの。彼女か、彼女の背後にいる人は隣国に間諜《かんちょう》を送り込んでいるみたいね。私が妹を苛めて公衆の面前で断罪されて婚約破棄された、と言ったわ」

「こちらにはまだ婚約破棄の話しか伝わっていないと思ったがな」

エルセードの顔が難しくなる。

「あなたはマイーラに間諜を送り込んでいないの？」

「外交官はいる。国交はあるからな。だがそこには既に口止めをしてある。周囲に伝えるのは『婚約破棄をした』ということだけにしろ、と」

「断罪のことは？」

「お前に傷が付く。広めるなと命じた」

「それじゃ、その命令に背いた人がいたか、独自にサリーダ達が人を送り込んでいたということね」

「後者だろう」

「どうしてそう言い切れるの？」

「外交官の連絡は手紙だ。それが奪われたという話はない。そして受け取って私に報告する者は信用している」

ああ、そうか。

この世界では情報の伝達手段が限られているんだった。

「噂が伝わったということは？」

「庶民ならば面白おかしく触れ回るかも知れないが、事実はあのパーティに出席していたものしか知らない。貴族が自国の王太子が婚約者をかっさらわれた、というみっともないことは口外しないだろう」

なるほど。

「サリーダが独自に調べたなら、彼女が使えるセドの者がいるということだし、彼女でないのならロクセリアは隣国と通じているということだ」

「あなたの弟を皇帝に推す時に、マイーラを味方につけようってことかしら？」

「マイーラはうちよりも小さな国だぞ？」

「それでも、隣国が認めている皇帝はこちらだ、というのは一つの力になるわ」

エルセードは考え込むように黙ってしまった。

きっと彼の頭の中では色んな推測が高速で回転しているのだろう。

国内を押さえても、外から圧力がかかればそれが小さくても問題にはなる。

もしもセドの残党とマイーラが手を組んで攻めてきたら、この国の兵力は両方に応戦できるほどなのかしら？

ロクセリア侯爵とはまだ顔を合わせていないけれど、思っていたよりもタヌキだったら、自分の目的を叶えるためにサリーダも利用するだろう。

今日見たところ、サリーダは感情的な女性で、さほど頭がいいとは思えない。

けれど王族として育ったならば、策謀には長《た》けているかもしれない。反対に彼女がロクセリア侯爵を利用することだって考えられる。

そしてもう一つ気になることがある。

「エルセード」

「……何だ？」

「私をグリニードに紹介しなかったのね」

「必要がない」

「必要がないことはないでしょう。義理の弟になる人なのに」

「あれは弟ではない、家臣の一人だ。お前もそういう態度で接しておけ」

「それはわかるけれど、どんな人物だかわからないから、言葉を交わしてみたいわ」

「あいつの背後にはより大きな危険が控えている」

ロクセリア侯爵のことね。

「それなら、弟をこちらに呼んで、あなたの騎士の前ならばどう？」

「あっちが警戒して来ないだろう」

「エルセードは同席せず、私だけなら？」

彼はまた黙った。

「どうしてグリニードに会いたい？　一目見て気に入ったか？」

「バカなこと言わないで。本人があなたをどう思っているかを知りたいだけよ。傀儡《かいらい》にされてるのか本人に野心があるか」

「それならばわかっている。本人が帝位を狙っている」

吐き捨てる言葉。

「過去に何かあったのね？　話して。全部教えてくれる約束よ」

詰問すると、彼は肩を竦めはしたがすぐに教えてくれた。

「子供のときは私も『弟』と思っていた。だが狩りの時に誤射と言っていたが私に矢を射た。謝罪はしたが去るときに舌打ちを聞いた。それで調べさせた」

淡々とした言い方だけれど、それだけに当時のエルセードにはショックな出来事だっただろう。

弟と思っていたと言ったのだもの。その頃は信じていたのに裏切られたのだ。

「グリニードは戦争に出た私は人を殺《あや》めた恐ろしい人間だと吹聴《ふいちょう》もしているそうだ。私と会う度に怯えた顔をする。もちろん、ワザとな」

「彼は戦場には出なかったのね？」

「戦いで私に何かあったときのスペアだからな」

「国を守るための戦いに出なかった人が戦った人を批判するのはお門違いだわ。私も戦争は絶対にダメと思うけど、戦いが悪だと言うなら、戦わずに済む方法を考えてから言いなさい、よね」

「……面白いことを言う」

静かな声。

いつも言うようなセリフだけれど、いつもならからかうように言うのに。

「女は戦いは嫌いだろう」

「私だって嫌いよ。でも戦わなければならない時があることはわかってるわ。殺されかけた時に『戦うのは嫌いです』なんて言ったら殺されちゃうじゃない」

彼の唇の端が少し動き、笑みを作ったように見えた。

「戦う前に回避できることが一番だけど、戦わなければ生きられないなら、私は戦うわよ。

そして他人を守るために戦ってくれる人のことは悪く言わないわ」

私の勝手な解釈かも知れないけれど、エルセードは弟の言葉に傷ついたのかもしれない。命を賭けて国を守ったことを人殺しと言われて寂しかったのかもしれない。

だから、彼の膝の上にある手に自分の手をそっと重ねた。

「もしも、次に戦わなければならない状況になったら、私にも相談して。一緒に戦いを回避する方法を考えましょう。もしその方法がなければ、私はあなたを肯定するわ」

「肯定？」

「四の五の言う連中に、じゃあ戦いを批判するなら出てってって言うわ。前線に出て、敵を前にして『戦いはよくない』って言ってみろって」

「確実に殺されるな。よくて捕虜だ」

「そうなったらその人もわかるでしょ？」

重ねた手が握られる。

「本当に、お前は面白い女だ」

今度の声には明るい響きがあった。

「忘れないで。私はあなたの味方よ。……何せ、自分の命が懸かってますからね」

最後を茶化《ちゃか》すように言ったのは、急に恥ずかしくなってしまったからだ。

あなたの味方だ、なんて。告白と取られるかもしれないじゃない。

「覚えておこう。お前を守ることも約束しよう」

「そうして頂戴」

立ち直ったようなので、手を引っ込めようとしたが、彼は離してくれなかった。

「エルセード、手」

「手ぐらいいいだろう。ハグと唇以外のキスは許可の必要がない約束だ」

「話を続けたいの」

「手を握っていても話はできる。それともハグしながらにするか？」

もういつものからかう態度に戻っている。

ここで固辞すると、もっとからかわれるわね。

「わかったわよ。それじゃこのまま続けるわ。グリニードと会って話をする機会を作って欲しいのだけれど？　ついでに側妃のクレイナ様とロクセリア侯爵にも」

「お前は本当に怖いもの知らずだな」

「違うわ。怖いからしっかり見ておきたいの。見てないと、想像の中でどんどん恐怖が大きくなるから。正体を見極めて、たいした相手じゃないと納得したいのよ」

やれやれといったふうにため息を吐かれてしまった。

でも、ここで自分の命が狙われる対象だとわかったなら、それを回避するための努力はしたいじゃない。

「駄目？」

必殺下から目線でおねだりしてみる。

前世だったら恥ずかし過ぎてできないけど、今のこの姿なら有効なのでは？　期待を込めて返事を待つと、彼はムスッとしたまま折れてくれた。

「クレイナは身体が弱くて離宮からあまり出て来ることがないから難しい。今日も出席していなかっただろう」

そう言えば、それっぽい女性はみなかったわね。

「酷く悪いの？」

「というか、人嫌いだな。だからお前の敵からは外してもいい。残りの二人は次のパーティの時にでも紹介してやる。話すなら俺の前でだ、それでいいな？」

「いいわ」

やった。

マルクスに簡単に乗り換えられたから、美的感覚が前世と違うのかと思ってたけど、やっぱりこの顔は美人の部類なのね。

それとも、下から目線でおねだりの勝利かしら？

「お前は変わってるな」

「はい？」

「頭が回るのもそうだが、わざわざ危険に飛び込もうとするなんて」

「あら違うわ。何度も言ってるでしょう？　危険を回避したいのよ。何もしないままだと、殺されちゃうかもしれない。何もしないで死ぬのは嫌だもの」

「すぐに殺されるわけじゃない。お前のことはちゃんと守ってやる」

「でもあなたがいつでも側にいるわけではないわ。それに命を狙ってくる人達はいるんでしょう？」

「否定はしない」

そこは否定して欲しかったけれど、真実を告げてくれていると感謝しよう。

「私はね、死にたくないの。生きるための努力ならするから、おばあちゃんになるまで生きていたいの。それで楽しいこともしたいの」

前世が辛かったとは言わない。まあそれなりの人生だったと思う。

でも『それなり』でしかなかった。

今世も結構なハードモードだと思うけれど、この困難を乗り越えたら、報酬として離宮でももらってのんびりゆったり過ごしたい。

テレビや、ネット、映画や漫画にゲームなど、前世の自分が楽しんだものはない世界だけれど、生きていればこれから楽しいことを見つけられるかもしれないじゃない。

今の人生では、まだ『楽しい』って思えることがない。このまま死ぬなんて嫌よ。

「セレスティアの目は、いつも生命力に溢《あふ》れているな」

彼が、ふっと笑みを零《こぼ》す。

その顔がイケメン過ぎてドキッとしたのに、追い打ちを掛けるように続けられた。

「そういうところは好きだ」

恋愛じゃないとわかっていても、異性に『好き』と言われるなんて。

「……それは、アリガトウ」

妙に恥ずかしくなって口籠もると、今度は吹き出して笑われた。

「お前は威勢がいいクセに妙なところで照れ屋だな」

「男性に免疫がないのよ。婚約者があんなのだったし、あんなのでも婚約者がいたから独身の男性とは親しくなれなかったし。だから軽々しく『好き』とか言わないで」

「軽々しくなんかないぞ。本気でそう思ったから言っている」

くそぉ、イケメンめ。

自分の言葉の破壊力を考えてよ。

「はい、はい、そうですか。ではありがたく頂戴しておきます」

私の手を握っていた彼の手がスルッと腰に回る。

手慣れているのか、逃げる隙がなかった。

「私はお前と本当に結婚するからな？　婚約だけで終わらせないぞ」

「結婚したら離宮をもらって隠遁《いんとん》生活させてもらうわ」

「それはお前の働き如何《いかん》だな」

この時、私は頑張って働けば願いを叶えてくれるという意味だと思った。

まさか正反対の意味があるとは考えもしなかった。

役に立てば手放さないが、役立たずなら離宮に追いやる、という意味にも取れるだなんて。

「わかったわ。頑張るわよ」

だから、大きく頷いてしまった。

何としてでも王宮の膿《うみ》を出して平穏を手に入れるぞ、と。


多分私は戦闘的なんだと思う。

というか、前世ではシミュレーションゲームとかが好きだったので、困難な状況を打破することを考えるのは楽しいものだと考えていた。

マニアほどではなく、ゲームを楽しむ程度の『好き』だけど。

ここをこうしてああすると成功すると先読みして、実行に移した結果が思いどおりだとガッツポーズをしてしまう。（心の中で）

なので母国にいた時も妹のリンリーナにハメられるとわかった時に色々画策するのは苦ではなかった。

裏をかいてやる、と思うと闘志が湧いた。

結局は失敗したんだけど。

だから今回の状況も、困ってはいたけれど悲壮感はなかった。

パーティに出て、ファッションリーダーに気に入られて、サリーダをやり込めて、初戦突破できたしね。

テンプレとは言えなくなってきたけれど、大体は何が起きるか想像できる。

準備を調えていればきっと乗り越えられるわ。

きっと……。

第二戦は女性だけのお茶会。

貴族の夫人や令嬢達を相手にしなければならない。

でも、女子校育ちの私にとって、女だけの世界での厭味の応酬なんて慣れたもの。

お茶会の主催は私。

お茶会を主催するというのは貴族女性の力量を計るものでもある。

招待客の選別。これは社交界の人間関係をちゃんと把握しているかどうかが問われる。

用意する茶器やお菓子、会場の飾り付けはその人のセンス。

お茶会の最中の話題の提供は、知識と対応力が問われる。

招待客は、どうにもならないので侍女長のレイソン夫人に相談した。話してみてわかったけれど、彼女は中立なだけでなく勤勉だった。

愛想はなくても仕事はキッチリするタイプ。

前世では自分もそんな感じだったので、一気に親近感が湧いてしまった。

だから、茶器の選別も彼女に任せた。

お茶も彼女のオススメ。けれどその中にドライフルーツを入れてみた。

この世界にもドライフルーツはあったけれど、フルーツティーはなかったので、味見でレイソン夫人に飲ませてみたら好評だった。

お菓子も、この世界では見たこともないものを考案した。

と言っても、私は前世でも今世でもお菓子作りなんてしたことはないから、パティシエに作らせただけだけど。

フルーツはある。クリームも、スポンジケーキもある。なのでスライスしたフルーツの断面がきれいに見えるようにガラスの器に内側から張り付け、中はスポンジケーキとクリームの断層にしてスプーンで食べられるようにしたのだ。

この世界に、カップに入れたデザートをスプーンで食べるという習慣はなかった。ケーキはナイフフォークで食べるもの　なのだ。

これだと、ドレスに零す心配なく食べることができる。

飾りつけは、王太子妃教育で培ったセンスで何とか。

話題は……、出たとこ勝負ね。

王城のテラスで開かれたお茶会は、そんなふうに開かれた。

サリーダはもちろん招待客には入っていない。

けれど、敵は彼女だけではなかった。

花の咲く庭園の見えるテラスに並べられたテーブルに、爵位などを配慮して席を配置された招待客。

まずは、テーブルごとでの会話。

私は自分のテーブルにメイル伯爵夫人を置いた。

「今日のドレスも素敵ですわ」

彼女からの話題は、やはりドレスのことだった。

「私、身一つで陛下に招かれましたでしょう？　ですからドレス等も持ち合わせがなくて。何とか間に合わせましたのよ」

今日のドレスはシンプルなデザインだけれど、上身頃とスカートがアンシンメトリーに少しだけ色が違う布地を合わせている。紫という重い色のドレスだけれど、半分が淡い藤色になっているから重さを感じさせない。

これもまた、身頃やスカートは同じ布を使うのが当然という世界にあって、珍しいデザインだ。

「違う布を使うなんて、珍しいですわ」

「実は、陛下の髪の色が黒でしょう？　普通は婚約者の瞳や髪の色のドレスを着るものですが、黒いドレスでは少し重たすぎるかと思ったのです。けれどどうしても陛下の髪の色を身に纏いたくて他の色との組み合わせなら、と。それでもいきなり黒では暗いかと思って今日は紫にしてみたのですけれど、いかがかしら？」

「とても素敵ですわ。ねえ、皆様？」

「ええ、本当に」

「真似したいくらいですわ」

うん、やっぱりメイル伯爵夫人と同じテーブルにしてよかった。

でも当然ながら、全ての人が私の味方というわけではない。

婚約のお披露目のパーティの時には滞在時間が短かったし、一番強烈なサリーダを相手にしていたから出会うことはなかったけれど、私とエルセードの婚約を望まない方々は少なからず存在するのだ。

お茶が進み、庭園のお花を鑑賞するという名目で席の移動が始まると、早速数人の令嬢とその母親らしい人達がやってきた。

「セレスティア様お話ししてもよろしいかしら？」

顎のところにホクロのあるこの御令嬢はミンセ侯爵令嬢ね。

「ええ、どうぞミンセ侯爵令嬢」

自分が誰であるか知られているとわかって、彼女は一瞬鼻白んだ。

「どうして私のことを？」

「先日のパーティで名乗ってくださったじゃありませんか」

人の顔と名前はちゃんと覚えてるのよ。それに、招待客の名前と特徴はレイソン夫人から教えられている。それがマナーだからと、結構厳しめに。

「そちらはハーパー伯爵令嬢でしたかしら？」

派手な金髪巻き毛のお嬢さんも、特徴的なので覚えている。確かあの時厭味を言った人だわ。

「覚えていてくださって光栄ですわ」

ここから彼女達の口撃開始だ。

「セレスティア様は珍しい髪色ですのね。お年を召した方のような白髪で」

銀髪は珍しいからいつもイジリのネタにされるのよね。

「あ、銀髪ですわ。これは母方が北のサーマス国の王家に縁があるのでそちらの血が出たのでしょう」

でもこの銀髪をイジることはサーマス王家を貶めることになるぞ、と言えばすぐに黙らせることができる。

「私はとても気に入っているのです。陛下も黒髪と合うとおっしゃってくださいますし」

ダメ押しで、エルセードも気に入ってるのだと言えばイジりの続きはなかった。

「セレスティア様は変わったドレスがお好きなのですね。我が国のドレスがお嫌いなのかしら？」

これにはメイル伯爵夫人が応戦してくれた。

「あら、これはもうハルドラのドレスですわ。セレスティア様のお陰で我が国には他国にない新しい風が吹くのよ」

応戦、といっても本人には戦ってるつもりはないのだろう。うっとりとした顔で言ってるから。

「今日のドレスも素敵だと思いません？」

メイル伯爵夫人の言葉には、彼女達も同意を示すしかできなかった。

「……そうですわね」

他の人がいる場所で批判すれば、皇帝の婚約者に厭味を言ったと取られてしまうもの。

「ハルドラのドレスはとても素敵ですわ。けれど作るのに時間がかかってしまって。次のパーティの時にはきっと伝統的なドレスも間に合うでしょう」

これは本当。

ハルドラのドレスは刺繍が多くて出来上がりに時間がかかるのだ。

「そういえば、セレスティア様はグレスティンの新作はご存じ？」

したり顔で訊いてきたのは、ハルドラの画家の名前。

あなた、こんな著名な芸術家も知らないのでしょうと言いたいのだろう。

だからちゃんと芸術家も教えてといっておいたのよ。流行でマウントを取ってくるのはどこの世界でも一緒だから。

「『春の宵』でしたかしら？　残念ながらまだ作品は拝見しておりませんの。国立美術館に寄贈されてしまったので。でも彼の『薄曇りの木立』は雰囲気があって好きですわ」

最新作だけじゃなく、過去作も知ってるわよ。

「グレスティンもよろしいですけれど、マーカスの絵も好きですわ。小品が多いですけれど、柔らかい画風で。そう思いません？」

日の当たらない作家も知っているわよ。あなたはご存じ？

そんな戸惑った顔してるところを見ると、知らないのかしら？　マウント取るなら、取り返されることも考えておかないと。

「まあ、流石はセレスティア様ですわ。マーカスをご存じとは。作品数が少ないけれど、彼の愛好家は多いんですよ」

流石ファッションリーダー、メイル伯爵夫人はご存じのようね。

彼女が『知っている』から、適当な名前を言ってるという反論もできないでしょう。

「セレスティア様は絵画がご趣味なのですか？　けれど音楽はいかがかしら？　我が国の作曲家などにも興味はおありですか？」

絵がダメなら音楽ときたか。

でももちろんそちらも勉強済みよ。

「こちらの国の音楽に明るいというわけではありませんが、好きな方は何人かおりますわ。中でもクレッセオは先日陛下と踊った曲の作曲家ですから、特別ですわね」

その後も、二人は詩人がどうの、陶芸家がどうのとコナをかけてきたけれと、悉《ことごと》く返り討ちにしてあげた。

努力が実るって、気持ちいいわ。

その後も、何人かが知識を確かめるような質問を仕掛けてきたけれど、同じような結末だった。

この国に来てからも勉強したけれど、元々王太子の婚約者として自国で嫌になるほど勉強はしていたのよ。

そこらの御令嬢に負けるわけがないじゃない。

お茶会はそんなふうに、大きなトラブルなく終えることができた。

メイル伯爵夫人は完全に味方にできたし、彼女を慕う人々もこちら側についてくれた。

厭味を言う女性達も返り討ち。

中立派も、フルーツティーと新しい形のスイーツが好評だったし、結果は上々と言っていいだろう。

気になるのは、有力貴族のご令嬢だと教えられていた一派が私に近付いてこなかったことか。

こちらをチラチラ見ては、仲間内だけでヒソヒソと話をしていた。

あれはきっと何か企《たくら》んでいるんでしょうね。

直接攻撃でなければいいんだけど。

次の大きなハードルは月例のパーティね。

そこにはサリーダも出席するから注意しないと。

でも一つ前進と思うことにしましょう。

「今日はとても楽しかったわ。皆さん、ありがとう」

本心ではなかったけれど、そう笑ってお茶会を終えることができた。


パーティの前に他家へのお呼ばれという小さなイベントも幾つかこなした。

まあ、大体が私主催のお茶会と同じようなものね。

私におべっかを使うグループ、敵対するグループ。まだ中立で、本当に私がエルセードと結婚するのかどうかを見極めようとしているグループ。

中立の中には『私』ではなく、エルセードかグリニードかを見極めようとしている者もいるようだ。

エルセードのために、そういう人達の名前はチェックしておいた。

後で彼に報告しておこう、と。

そして迎えた月例パーティの日。

今日はエルセードの髪色に合わせた黒いドレス。

左肩から腰に掛けてはシルバーがかったグレイの生地、右肩からの半身とスカートは光沢のある黒。

そこに銀糸で刺繍を入れて透明感のあるグレイの薄い布を重ねている。

前のもそうだったけれど、この世界では薄い布をショール等ではなくドレスの本体に使う常識がないからとても珍しいものとなっているだろう。

そのドレスを見たエルセードはとても喜んでくれた。

「私の髪色を纏ってくれる女がいるとは思わなかったな」

「まあ、どうして?」

「黒いドレスなんて、喪服にしか見えないだろう。地味で、女が好むものじゃない」

「あら、このドレスは地味？」

「いや、とても華やかだ」

彼の言葉通り。普通に作ったのでは黒いドレスはパーティ用には向かないだろう。

けれど丁寧に銀の細かな刺繍がほどこされたこのドレスは派手と言ってもいい。

私がエルセードの婚約者よ、と全身でアピールしている。

「嬉しいもんだな、自分の色を纏ってもらうというのは」

本当に嬉しそうに微笑むから少し照れてしまう。

「喜んでもらえて何よりだわ」

先日と同じように、彼にエスコートされて大広間へ向かう。

「今日は男共が相手だぞ」

「わかっているわ」

「相変わらず度胸がある」

「逃げようがないだけよ」

「逃がさないぞ」

言葉を体現するように、広間に入る前に彼が私の腰を抱いた。

そして入場だ。

黒いドレスの私はまたも目立っていた。

囁き交わす人も多い。

更に玉座に腰を下ろした彼に続いてその隣の椅子に私が腰を下ろすと、場に緊張が走った。

けれど皇帝陛下が前回『隣に座れ』宣言をしているので、文句を言う人はいない。

前回と同じく開会宣言が行われ、前回と同じくファーストダンスを私と彼が踊る。

さて、今回はここからが問題。

前回はエルセードが気を利かせてくれたのか偶然の流れだったのか、私は女性達との会話だけで早々に退室できた。

そのせいで挨拶すらできなかった男性陣には不満が溜《た》まっているとのことなので、エルセードも渋々ながら私を伴って男性達の集まりに連れて行かねばならなかったのだ。

「内務大臣のクルファスと、外務大臣のガーラスだ。私には宰相は付いていないから事実上のトップはこの二人だな」

老獪なタヌキといった二人が、にこやかに頭を下げる。

「セレスティア様にはご機嫌よろしゅう」

「これからは長い付き合いとなりますな」

笑ってはいるけれど、目は笑っていないのが怖いわ。

「セレスティア様は皇妃になられるわけですが、色々おありになったマイーラとの国交についてはどう思われますかな？」

外務大臣の言葉に、私は驚いた顔をして見せた。

「まあ、私が国交について意見を申してよろしいのですか？　皇妃であろうと、そのようなことには口を挟むなと言われるかと思っておりましたのに」

私が個人的な感情を口にして失言するのを狙ったのかもしれないけれど、今の質問はこう取られてもおかしくないのよ。

「いや、それは……」

間違いに気づいて外務大臣が口籠もる。

「せっかく水を向けてくださったのですが、私としては、国と国とのお付き合いは陛下と外務大臣が決めることと考えておりますので、申し上げることはございませんわ。けれどもし意見があるようでしたら、遠慮なく言わせていただきますね」

外務大臣が失敗したと見た内務大臣が、にやつきながら前に出る。

「政務のことはあまりおくわしくないでしょうが、個人的なご意見としてセレスティア様は内政に対してのご意見などございますかな？」

今度は『個人的な意見』と前置きして、口出しは許さないが考えだけは聞こうという態度に出る。

「そうですわね。帝国はセドと戦いがあったとか。私でしたら国境の戦場になった地域には配慮したいと思いますわ」

「配慮、ですか？」

「だって、ご本人達は少しも悪くないのに、住んでいた土地を踏みにじられ、戦いとなれば働き手を徴収されたことでしょう。ですから税を軽くするなどの措置をなされた方がよろしいかと。ええ、もちろん既に執り行っていることだと思いますけれど。国境は国を守る大切な地域ですから」

「……ええ、もちろんです」

本当に手をつけているのかどうかはわからないけれど、揚げ足を取られるような答えではなかったみたいね。

「私はまだまだ不勉強ですが、国の混乱を招かないように、人々の声に耳を傾けることが大切だと思いますわ。国民あっての貴族、皇帝ですから」

これもまたにこやかに付け加える。

私の見た目はおとなしいお嬢様だから、甘く見ていたのでしょうね。

「国民の声を聞くと言っても、どのようにするおつもりですかな？　まさか街中を歩き回るおつもりかな？」

厭味たっぷりな言い方をした男が、大臣達の後ろから声を掛ける。

「ロクセリアだ」

耳元でエルセードが囁くまでもなく、肖像画で顔を確認していた。

立派な髭《ひげ》を持つ細身の老人。

笑顔を浮かべているが、私を格下に見ているのがよくわかる。

ロクセリアの隣には皇弟のグリニードが隠れるように立っていた。

力関係がわかる構図ね。

しかもグリニードが話をしている相手はサリーダだった。視線がサリーダの大きく開いたドレスの胸元に向けられている。

……いっそ、そこでくっついてくれればいいのに。

でもそれはロクセリアが許さないのだろう。

王家同士の婚姻は不思議なことではないが、今のサリーダはもう王女ではない。ましてや、国を再興させたがっている。

エルセードを追い落とす材料にしたい理由、生まれて来る子供の正統性やセドに利用される可能性などがそのまま移動してくるのだから。

「国民の声を聞くのに、一人一人尋ねて回らねばならないとお考えなのですか？」

そんなバカなことあります？　という体で聞き返す。

「私はそうは思いませんが、セレスティア様がそのようにお考えかと」

怯まないわね。流石タヌキの親玉。

「ではどうしたらよいと思われます？」

「質問したのは私なのですが、セレスティア様にはお考えがないのかな？」

「参考までに伺いたいだけですわ。もちろん、考えはございます」

「私の案をそのまま『私もそう思っていました』とか？」

「それは聞いてみないとわかりませんわ。ただ、帝国の重鎮はどのようにお考えなのか、私の考えは浅知恵なのかを知りたいだけです」

ロクセリアは鼻先で笑った。

「国民の声を聞くなど、意味のないことです。平民は日々の己の生活しか考えていないのですから。それでも知りたいというのなら、役人から意見書を出させるべきでしょう」

「それは役人の声であって国民の声ではありませんわ」

私が言い返すと、ロクセリアは少しムッとした。

「ではセレスティア様はいかようにお考えか？」

「人々が己の日々の生活のことを考えるのはよいことです。パンが高い、雨が多い、そういうことでいいのです。それを紙に書いて無記名で投函《とうかん》できる箱を作って街に設置するのです」

「パンが高いや雨が多い、ですか？　くだらない。それが国政に何の関係が」

「あら、何故パンが高いのかを考えるのかが役人や国の仕事では？　小麦の価格が高くなっているのでは、とか。生産地で不作が続いているのでは、とか。雨もそうです。雨が多ければ災害の可能性がありますもの」

「……しかし、平民は文字の書ける者が少ない。そんな箱を作っても……」

「それなら文字を教えればいいのですわ」

「平民に、ですか？」

「文字がわかれば便利なことがいっぱいありますものね。識字率が上がれば新しい産業も興るかもしれません。国力の増強に繋がるかも」

「くだらん、所詮女の浅知恵……」

「面白いな」

否定しようとしたロクセリアの声に被《かぶ》せて、背後からエルセードの声が飛んだ。

「後で詳しくその考えを聞かせてくれ」

「陛下、たかが平民が字を覚えたくらいで何が起こるというのですか」

私の意見が認められたのが面白くないのか、ロクセリアは異論を唱えた。顔には不満がありありと浮かんでいる。

陛下が『面白い』と言ったことを否定するとは度胸がある。

というか、自分にはその立場があるとでも言いたいのだろうか？

「なるほど、では具体例を聞こうかセレスティア」

促されて私は頷いた。

「はい。たとえば物の生産方法を間違えずに伝えることができます。簡単なところでいえば料理のレシピなどを口伝ではなく分量や作り方を正確に記して伝えるのです。そうすればどこでも同じ料理が食べられることになります」

「たかが料理……」

「同じように工芸品なども、どこでも誰でも同じものが作れるようになれば生産性があがります。商売でだまされることもなくなりますし、過去の文献を読んで新しいものを発明することもできるかも」

「うむ、なるほど」

「手紙を書いたり読んだりすることができれば、正確に物事が伝わるようになります。遠方に住む家族とやりとりができるならば遠くへ働きに出る者も増えるでしょう」

そうなれば、過疎地にも人が送れるようになる。

最初は誰もができるわけではないでしょうが、それならば代筆屋という仕事ができる。手紙のやり取りが盛んになれば、それを運ぶ仕事もできる。

何より、国からの伝達事項が伝わるようになる。

更に計算を覚えさせれば、税金を正確に納めるようにもなるだろう。

などなど、利のあることを並べ立てた。

途中からは、周囲にいた大臣達も耳を傾け、自ら『それならばこれも』と意見を出し始めた。

こうなるとロクセリアも黙るしかない。

反対にエルセードが興味を持ち、私に質問を始めた。

「どうやって文字を覚えさせる」

「人を集めて教える場所を作ればよろしいかと」

「皆働いているのに習いに来るか？」

「では子供から教えればよいのです」

「子供も働いているぞ？」

「初期投資が可能ならば、習いに来たら菓子などを与えてやると言えば集まるでしょう。あまりよいことではありませんが、無料で何かがもらえるのならば来るかと」

「親が貴重な働き手を出してくれるか？」

「文字や計算を覚えればよい仕事に就けるとわかれば出してくれるのでは？」

「すぐに新しい仕事は作れないのでは？」

「貴族の子弟が嫌がる役人の雑務などは人手が足りないのではないでしょうか？　書類や書籍の整理、入国管理のチェック。商売の在庫管理や品質チェックなど、伝達と確認が必要な細かな仕事を平民に回すことができます。そうすれば学力のある貴族の子弟をもっと高度な仕事に回せるでしょう」

よどみなく答える私に、エルセードは感心したという目を向けた。

「さすが私の選んだ妻だ。聡明《そうめい》だとは思わんか?」

最初は訝しげに聞いていた大臣達も同意を示した。

「確かに、大変面白いお考えかと」

「すぐに実現は無理でも、一考の価値はありますな」

女の手柄を素直に認められないみたいだけど、頭ごなしの否定はされなかった。

すぐに諸手《もろて》を挙げて私に寝返るわけではないので、まだ文句を言う人はいる。

「女性がそのように政務に口を挟むのは……」

けれどそれに対しては、先ほど外務大臣が口を滑らせている。

「私もそう思うのですが、外務大臣殿が私に意見を求められたので。女性は男性とは違う視点を持っていますから、多様性を求めるならば幼稚であっても女性の意見に耳を傾けるのも悪くないでしょう?」

敢《あ》えて『幼稚』とこちらを下げて反論する。

どうして男っていうのはどの世界でも自分達が上だと思うのか。

お前達は一体誰から生まれてきて、誰に育ててもらったのかと説教したくなる。

言わないけど。

「女性の拙い発案を殿方が形にしてくださると信じてのことですけれどね」

一応殿方上げで終わらせておこう。

「お前は本当に頭がいいな」

エルセードが私を抱き寄せて耳に唇を寄せる。

演技とわかっていても、唇の熱い感触に頬が染まった。

「小賢《こざか》しい女など面倒なだけですぞ」

まだ言うか、ロクセリア。

けれどその不用意な一言はエルセードの気分を損ねたようだ。

「皇妃をそこらの女と一緒にするな。愚かな女に皇妃が務まると思っているのか？　それとも、愚かであれば操り易いとでも考えたか？」

エルセードに睨まれて、ロクセリアは身を縮めた。

言外に、お前の娘と違うという響きを感じたのだろう。

「……いえ、そのような」

「では謝罪して彼女の聡明さを誉《ほ》め称《たた》えよ」

「……はい。失礼いたしましたセレスティア様」

小娘に頭を下げるのは屈辱でしょうね。

けれどあなたが売ったケンカよ。

「エルセード様、難しいお話はここまでにいたしましょう。今日は会議ではなくパーティなのですから」

負けた相手を追い詰めると牙を剝《む》くから、私はここで終わりを告げた。

あおりたいわけじゃないもの。これは飽くまで『売られたから買った』だけ。

彼もそう思ってくれたのだろう、軽く頷いてその場を離れた。

「本当に、後で今の話を詳しく聞かせろ。お前の考えには興味を持った」

「構いませんわ。でも、大した考えなどありませんよ？」

「どうして、どうして。中々の発案だった」

褒められて悪い気はしないけれど、前世ならば当たり前の知識だから自慢にはならないわね。

気が付けば、グリニードとサリーダの姿は遠くにあった。

だが二人はまだ一緒にいる。

「グリニード殿はサリーダさんが好きなのかしら？」

問いかけると、彼は笑った。

「サリーダに限らず女は嫌いじゃないようだな」

「あら、そうなの？」

「お前も気を付けろ。二人きりにはなるなよ？」

「年下は趣味じゃないわ」

「大して変わらんだろう」

そうだった。

ここではまだ、私はうら若き女性なのだ。

精神的にはアラサープラス今世の年齢でアラフィフなので忘れていた。

「私は年上の方が好きなのです」

「私のような、か？」

にやにやと笑いながら彼が顔を近づけてきたので、持っていた扇で軽く押し戻す。

「お戯れを、人前ですわ陛下」

「豪胆なくせに恥ずかしがりなところはそそるな」

「……お戯れを」

女子校育ちの喪女で免疫がないんだから、仕方ないでしょう。

「私と結婚する覚悟はあるんだろう？　閨《ねや》の教育係を用意した方がいいか？」

「知識はございますのでご安心を」

そうだった。

普通は結婚するんだからそういうコトもしなくちゃならないのよね。

相手がエルセードなら嬉しい限りだけれど……。いいえ、やっぱり誰が相手でも、ちょっと考えちゃうわ。

「白い結婚の約束、忘れてないわよね？」

「どうだったか」

「書類にサインしたでしょう」

「双方の気持ちが盛り上がればいいんだろう？」

「双方、よ。私がイエスと言わないといけないのよ」

「はい、はい」

夜の生活まで描かれている物語は読んでこなかったから失念していたけど、結婚ってそういうものよね。

キスとハグは覚悟していた。

でも朝チュンって言うんだっけ？　初夜です、から翌朝鳥がチュンチュン鳴いてるとこまでワープするやつ。ああいう感じしか想像していなかったのよね。

実生活でも、学生時代は女の園。社会に出ても地味な私には異性の同僚や友人はいても恋人と呼べる程親密な相手はいなかったし。

白い結婚を約束させておいてよかったわ。

「ほら、次は軍部の連中だ」

曖昧な返事に文句を言おうとしたら、また新しいオジサマ達に紹介されてしまった。軍の関係者は女性である私に軍事はわからないだろうと、最初から意見を求めるなんてことはせず、容姿だけを誉め称える。

騎士団は礼儀正しく、なかなかイケメンも多かった。

次は政治的な役職に就いていない貴族の人達と神殿の人。

神殿は政治からは距離を置いているが、権力はある程度あるらしい。皇帝に敵対する気もないようだ。

「セレスティア様も一度神殿にいらしてください」

と言われたので、ここは『是非』と答えておいた。

ようやく男性陣との面会を終えて、無罪放免となった私は、まだそれらの人々と話があるというエルセードと別れて女性達の集まっている方へと向かった。

メイル伯爵夫人が見つかるといいのだけれど、と思って周囲を見回していると、背後から声を掛けられた。

「セレスティアさん」

『さん』？

皇帝の婚約者に『様』ではなく『さん』の敬称？

ちょっと引っ掛かって振り向くと、先日のお茶会でヒソヒソと囁き交わしてたいた女性達がいた。

三人、か。

「御機嫌好う」

向こうから声を掛けてきたけれど文句は付けられない。

一番前に立っている金髪の女性は公爵令嬢だから。

「こんばんは、システィーナさん」

こちらも意趣返しとばかりに『様』ではなく『さん』と呼びかける。

するとかたわらにいた黒髪の女性が小鼻に皺《しわ》を寄せた。

「あなたはご存じないかも知れないけれど、こちらのシスティーナ様は公爵家のご令嬢なのよ。他国の、侯爵令嬢がお名前を呼ぶなら『様』をお付けになった方がよろしいのではなくて？」

「私は皇帝の婚約者ですから、私より上の方を作るわけにはいきませんので」

「まあ、結婚もなさっていないのにもう陛下の威を借りるおつもり？」

「陛下自らが、私に皇妃の椅子に座るようおっしゃったので、それに恥じぬ行動をせねばと思っております」

あの時、聞いてたわよね？

皇妃の椅子に公式に着座を命じられたのだから、実質皇妃と同じ扱いにすると言ったようなもの。

皇妃に『さん』付けしたあなた達の方が非礼なのよ？

「そのようなことをおっしゃってましたわね」

ボス格のシスティーナさんは優雅に微笑みながら頷いた。

「失念しておりましたわ。たとえ短い間であったとしても、決められた役割を演じる方に相応の態度を取るべきでしたわ」

短い間とか、役割とか、言外にあなたは仮初めの婚約者とでも言いたげね。

「陛下の気の迷いがなければ、あの椅子に座るのはシスティーナ様だったのに」

もう一人のお供、赤毛の女性が聞こえるように零す。

ああ、システィーナさんはエルセードの筆頭婚約者候補だったってところかしら？

「陛下に気の迷いなどございませんわ。エルセード様は常に冷静に判断を下されます。皇帝に迷いがあるなどと、口にしてはいけませんよ」

やんわりと諭すと、赤毛の彼女は頬を染めた。

恥ずかしさではなく、怒りで。

「お口が達者ですこと」

「理《ことわり》を唱える者を悪く言うのはよろしくないのでは？」

厭味を笑顔で抑えると、益々《ますます》顔が赤くなった。

「理ですか？」

ボスが庇うように口を開く。

「帝国に於《お》いて皇帝陛下のお言葉が理であると思ったのですが、違うのでしょうか？　私は帝国生まれではないのでわかりませんが」

帝国生まれなあなた達ならわかっていることでしょう？

私に厭味を言うくらいはいいけれど、頭の固い年寄りに聞かれたら、お小言を食らうのはあなた達だと思うのだけれど。

両脇の黒髪と赤毛は、反論されて更に怒ったようだが、金髪は落ち着いた笑顔のままだった。

こういう冷静な女性が一番やっかいなのよね。

「あなたはサリーダさんとは違って知能があるようですわね」

「サリーダさん？」

「あの方はどうにもお下品で。元とはいえ王女であるならば、もう少し人としてお話ができればよろしいのですけれど」

話も通じないおバカ、と言いたいのね。

「見せかけだけかもしれませんよ？　そうして相手を怒らせて様子を見ているのかも」

「それほどの頭があるとも思えませんわ。でもあなたは違うようですわね」

彼女は更に一歩前へ出た。

スカートの裾が当たるほどの距離だ。

「何の後ろ盾もない外国人で、他の方のお古が皇帝のためになる女性かどうか、考えればおわかりになりますわよね？」

「その女性を陛下がお望みであるなら、陛下が望まない家柄だけの女性よりはよろしいかと思いますが？」

言い返した途端、少し離れていた黒髪の女性がシスティーナの横合いから前に出ようとした。

声掛けをすることなく公爵令嬢の前に出ようなんて、随分と礼儀知らずな取り巻きだこと、と思ったのは一瞬。

彼女の手にワイングラスが握られてるのに気づいて、この先の出来事を察した。

「きゃっ！」

なんとわざとらしい声があがる。

わかっていたけれど、避ける間もなく彼女の手から飛んだワイングラスが私のドレスに飛んだ。

エルセードが喜んでくれた黒のドレスのスカートの部分、淡いグレイの薄布を重ねた部分に深紅の染みが広がる。

「あら、ごめんなさい。手が滑ってしまって。でも素敵なアクセントになりましてよ」

下卑た笑いでそう言われ、私の中で何かがプツッと切れた。

「あなた、故意に私のドレスを汚しましたね」

「言い掛かりだわ。ちょっと躓《つまず》いただけじゃない」

「先程までグラスを持っていなかった上に、わざわざ公爵令嬢を押しのけて前に出ようとしたのに？」

理屈に合わないことをした、と気づいたのだろう。その顔に狼狽《ろうばい》の色が見える。

「最初から手にしていましたわ。……ええ、そう。私、システィーナ様に飲み物を差し上げようとして……」

「では、皇帝の婚約者に話しかけている相手に飲食物を渡そうとしたのですか？」

「それは……」

「それが不敬で、マナー違反であることを知らないほど教育がなされていないということかしら？」

「そんなお怒りにならなくても、人間誰しも失敗はあることですわ」

システィーナが庇うように言った。

「私は失敗を問うているのではありません。知識の無さを咎めているのです。それを擁護するならあなたも同じくらいに知識が足りないということですね」

知識が足りないと言われ、彼女の顔から笑みが消えた。

「礼儀も知識もない方にパーティに出席する資格はありません。すぐに退出なさい」

「あなた、何の権利があって……！」

「私には皇帝の婚約者という立場があります。あなたが汚したのは皇帝の婚約者のドレスだとわかっていますか？」

こちらが強く出ると、黒髪の女性は怯みながらも開き直った。

「何よ、偉そうに。わかっているから謝罪しましたでしょう。それに皇帝の婚約者だというなら、たかがドレス一枚で大騒ぎしなくても……」

私は額に手を当て、わざとらしくため息を吐いた。

「『たかが』ですって？　そこまで愚かとは」

「愚かですって？」

「愚か以外のなにものでもない言葉でしょう」

「失礼よ」

「礼を欠いているのはあなた達です」

ピシリと言い放ち、三人をゆっくりと眺め回した。

騒ぎに気づいた人も出て、ちらちらとこちらを窺《うかが》っている。三人にとっては居心地の悪いことだろう。

けれどここで手を緩めることはできなかった。

私は怒っているのだ。

私に対する非礼ではなく、別のことで。

「あなた達はこのドレスにどんな意味があるのかもわかっていない」

「意味？　珍しいデザインだと言いたいの？」

「何を寝ぼけたことを言ってるの。私のドレスは陛下のご用意くださったもの、購入代金は国庫から出ているのです。つまり国民の血税で購入したものだと言ってるのよ」

「税金だからどうだというのよ」

「ここまで言ってもわからないの？　あなた達のくだらない嫉妬や悪戯《いたずら》心で汚したこのドレスは、国民が汗水垂らして働いた結晶なのよ。あなた達はそれを踏《ふ》み躙《にじ》った」

私個人としては、きらびやかなドレスなんて無駄だと思う。

けれど皇帝の婚約者のドレスは国力を示すものであり、無駄遣いではない。国の上の人が見窄《みすぼ》らしい格好をしては他の国に貧乏な国と見下される。反対に豪華に装っていればこんな贅沢ができるくらい我が国には力と財があるのだと示すことができる。

意味があるからこそ、大切にしなければならないのだ。

なのにこの小娘達はその意識もなくドレスを汚していい気になっている。

「あなたの着ているドレスだって、領民が働いてくれたお陰で買えるもの。貴族は領民がいるから生活できるの、皇帝は国民がいるから国を維持できるの。自分達を支えてくれる者の努力を無下にすることが愚かだと言っているのです」

「国民が税を払うのは当然の義務よ。それが何だと言うのよ」

「そうよ。私達は貴族なのよ。民が尽くすのは当然だわ」

「ドレス一枚にいちいち平民だの税金だの考えているの？　貧乏臭いこと。あなた本国で本当に侯爵令嬢だったの？」

バカにするような高笑い。

「下の者は上の者に尽くすのが義務なのよ」

「そうか、では存分に尽くしてもらおうか」

低い声で割って入ったのはエルセードだった。

その手にワイングラスを持っている。

「我が婚約者への非礼は、その身をもって償ってもらわなくてはな」

彼がそう言って腕を差し出したので、私は慌てて止めた。

「ワインを零してはダメ！」

大きな声を出したからか、彼が驚いた顔でこちらを見る。

「仕返しは望まないのか？」

「ドレスを汚しても、新しいドレスを買えばいいだけだもの。でも汚れたドレスは召し使い達が洗わなければならないのよ。彼女達の罰にはならないわ」

「なるほど、では罰は与えないと？」

私は首を横に振った。

「罰は彼女達の父親に」

その言葉にシスティーナ達は顔色を変えた。

でしょうね。皇帝陛下から父親、つまり家長に罰を与えられるということは、その家が皇帝の不興をかったということになり、没落に繋がるのだもの。

「セレスティア様、ドレス一枚でそれは……」

おずおずと、エルセードの顔色を窺いながら異議を申し立てる。

そうね、没落までは望んでいないわ。

けれどお仕置きは必要よ。他にこういうことをする人間が出ないように。

「父親達の爵位でも落とせと？」

単なる脅しね。国内情勢が安定していないと言っていたのだから、そんなことできるわけがないわ。

それとも私を試しているの？

「まさか。ただ陛下の口から娘達の教育をしっかりしろとおっしゃっていただきたいだけですわ。子供じみた嫌がらせをするだけでなく、国にとって国民が、貴族にとって領民が、いかに大切であるかも知らないのですもの。彼女達はまだ幼く教育が足りないのだと思います。子供であるならば、親が責任を取るのが当然でしょう？」

「確かに。国民を蔑《ないがし》ろにする教育はいただけないな。ハイレン公爵！」

名を呼ぶと意外にも近いところから一人の男性が姿を見せた。

恐縮しきった顔はしているけれど、娘の嫌がらせを黙認していたのね。もしかしたら、けしかけていたのかもしれない。

「お前は娘に私の婚約者に無礼を働いてもよいと言ったか？」

「とんでもないことでございます。そのようなことは……」

「では国民は虐げるものだと教えたか？」

「……いいえ」

「では娘には教育が足りないようだ。確かお前のところの娘は私の婚約者の候補に挙がっていたと思うが、そんな教育の足りない娘を推挙していたのか」

「……申し訳ございません」

公爵は苦々しげに頭を下げた。

「よい。我が婚約者が子供ならば仕方がないと言うからな、咎《とが》め立てはせん。だが教育はし直せ。半年もあればしっかりとした教育ができるだろう」

半年間登城禁止、ということだ。

「そこの二人もだな、カイセン伯爵とグテール子爵の娘だったな。父親はいないのか？」

いつの間にかできていた人の輪の中から、こけつまろびつ二人の男が出てくる。

「ここに」

「申し訳ございません」

うーん、三人の父親も、令嬢達も顔面蒼白《そうはく》で可哀想になってしまう。

「陛下、半年は長いかと」

「そうか？」

システィーナが縋《すが》るような目で私を見た。

半年も社交界に出られないなんて、気位の高そうな彼女にしたら拷問に近いだろう。

「十日ぐらいで……」

「そんなに短くていいのか？」

「きっと反省していると思いますし、重すぎる罰は反感を買いますもの」

「半年でも軽いと思うがな。お前は私の妻となる。皇帝の妃に向けられた行為は私に向けたものと同等。その娘達は私にワインを掛けたということだ」

「衆人環視の中で叱られたのですもの、罰としては十分です。行いを改めるのならば一度目は軽くてよいと思います。もちろん、二度目はないと思いますが、その時に重い罰を与えればよろしいかと」

「セレスティアは優しいな」

彼は笑って手にしていたワイングラスを飲み干して空にし、公爵に押し付けた。

「セレスティアがこういうから、十日にしてやろう。彼女に感謝するのだな。ここにいる者に改めて言っておく。セレスティアに向けられた好意も敵意も、私に向けるものと承知しておけ」

そう言ってから、彼は私の手を取った。

「汚れたドレスではここにいたくないだろう。もう退出しよう」

「そうですわね。折角《せっかく》のパーティですけれど、皆様に失礼になりますものね」

周囲の人々には笑顔で会釈し、まだ呆然《ぼうぜん》と立ち尽くしているシスティーナを見た。

他の二人は泣きだしそうな顔だったけれど、彼女だけは視線が合うと一瞬私を睨《にら》み返《かえ》してから、頭を下げた。

反省も謝罪もないけれど、立場の違いは身に染みただろう。

多分、私を追い落としたい女性達の急先鋒《きゅうせんぽう》であったであろうシスティーナがやり込められたのを見て、これから私に敵意を示す女性は減るだろう。

いなくなる、とまでは思わない。表立ってする者がいなくなるだけだ。

女性の嫉妬は簡単に消えるものではないだろうから。

面倒だわ。

やっぱりあの時、エルセードの申し出を断って市井に下るべきだったかも。

少しだけ後悔しながら、私は大広間を後にした。


そのまま互いの私室へ戻るのかと思ったけれど、エルセードから着替えて彼の部屋へ来るようにと言われた。

「そのドレスはもう着られなくなるのか?」

と訊いた顔が、『気に入っていたのに』と言ってるような気がした。

自分の髪の色を纏ってくれる女性がいるとは思わなかったと言っていたことを思い出すと、案外気のせいではないのかも。

これは彼にとって初めての自分のためのドレスだったのかもしれない。

「メイドに言って染み抜きをしてもらうわ。ワインは落ちにくいから元通りにはならないかもしれないけど、落ちなかったらこの薄布だけ付け替えるわ。下は黒地だから染みが残ってもわからないだろうし」

少し安堵《あんど》した顔に見えるのも、気のせいかしら?

「どのみち、皇帝の婚約者は同じドレスを二度着ることはないのよ」

「私は着て欲しい」

あら、可愛いことを。

「嬉しいけれどそれはマナー違反ね。やっぱり薄布を替えましょう。新しいものにはまた別の刺繍を施せば別のドレスになるわ。それに、評判が悪くないようだったから、また黒いドレスは仕立てるつもり」

「黒をまた着てくるのか？」

「黒は素敵な色よ。真っ黒いドレスは無理でも、どこかに黒を使ったドレスなら普段でも着るつもり」

「お前の着るドレスは珍しいものばかりだからな。楽しみだ」

ドレスのデザインが？

あなたの色を身に纏うのが？

「部屋で待ってる」

「着替えに時間がかかるから、お茶菓子でも運ばせて」

「わかった」

扉の前で別れて部屋に入ってからメイドを呼ぶ。

メイドはドレスの染みを見てびっくりしていた。

取り敢えず事情を説明し、ドレス本体は洗って薄布を外すように言い付けた。重ねている薄布は別のものに付け替えるからと。

「とてもお美しく仕上がっておりましたのに、残念です」

「ワインの染みはなかなか取れないから仕方ないわ。でも後ろの部分は汚れていないから、もしあなた達が使うなら使っていいわよ」

「こんな立派な刺繍の施された布ですのに？」

「立派な刺繍だから、捨てるに忍びないのよ。私では使い道がないけれど、刺繍のところだけを切り取って服に縫い付けたりカバンに縫い付けたりするのも可愛いんじゃないかしら？」

「はい。ありがとうございます」

刺繍が大柄だから、自分ならトートバッグに貼り付けたいところだけれど、この世界ではトートバッグもないし、貴族の令嬢が大きなバッグを持つこともないのよね。

メイド達に有益に使ってもらいましょう。

ドレスを脱いで装飾品を外し、締め付けの緩いナイトドレスに着替えてからエルセードの部屋へ向かう。

部屋には美味《おい》しそうなお菓子とお茶の支度がされていた。

「嬉しい。パーティの時は何も摘まめなかったから小腹が空いてたの」

「それはよかった。腹が減っているなら食事も持って来させるか？」

「いいえ、もう寝るだけだから適度にしておくわ」

学習したので、私は長椅子ではなく一人掛けの椅子を持ってきてそこへ座った。

長椅子だと彼が隣に座って接近してくるからだ。

エルセードは不服そうにしたけれど、私が向かいの席を示すとおとなしくそちらへ座ってくれた。

「それで？　お小言でしょうか？」

「小言？　何に？」

「私がケンカを売っていたから、ああいうことはするなと言うのじゃないの？」

「さっきの令嬢達とのやりとりなら、褒めるべきことだな。お前は躊躇《ちゅうちょ》なくドレスを頼んでいると思ったが、その出所まで考えていたとは驚きだ」

「税金のこと？　当たり前じゃない」

前世では払う方だったのだから。

「お金は天から降って来るわけじゃないわ」

「だが世の女共は男が勝手に生み出してると思ってる。貴族にしてもそうだ。自分の贅沢のために民がいると思っている」

苦々しげに言う彼は、そうではないと知っているということだ。

「ということは、あなたはまともな感覚の持ち主なのね」

私が言うと、彼はふっと笑った。

「お前もな」

エルセードが暴君でなくてよかった。

この人は、上に立つ人の義務を知っている。ノブレスオブリージュというのだったかしら、高い身分の人にはそれに伴う重責があるのだという考え方を。

「先程大臣達と平民に学問をという話をしていたな。あれは面白かった。もう少し具体的に考えられるか？」

「学校のこと？」

「学校？」

おっと、いけない。この世界には学校という考え方がないのだったわ。

貴族の子女は家庭教師から学ぶものだし、庶民は親方から教えられる。人々を集めて学ばせるというシステムがないのだ。

「ええと、学ぶための場所を勝手にそう名付けてみたの。貴族には貴族の、庶民には庶民の学《まな》び舎《や》があってもいいのじゃないかと思って」

「貴族は家庭教師に学ぶからいいだろう」

「ええ。でも有能なのに家にお金がなくて家庭教師を雇えない人だっているわ。それはもったいないでしょう？　だから基礎的なことを学ぶ場所を国が作るといいと思うの」

私は学校制度について熱弁を振るった。

人の能力は生まれで決まるものではない。

貴族にだって愚かな者はいるし、庶民にだって有能な者はいる。けれど立場や貧富の差で学びの機会は不平等になっている。

だから若い人達を集めて同じ教育を施してみるといい。

そうすれば個々の能力の差がわかるだろう。

その中で有能な者がいれば国益にもなるし、社交界以外で横の繋がりを作ることもできる。

平民の中にもそこらの貴族より頭のいいものがいたら、国が本格的に学ばせてあげれば、隠れた人材を発掘できるかもしれない。

有能な人を見つけだすことは国力の増強にも繋がるだろう。

エルセードは途中、幾つかの質問を挟みはしたけれど真面目に聞いてくれた。

「面白い考えだが、実現するには時間も労力も必要だな。不要になった家庭教師はどうする？」

「学校の先生として雇えばいいわ」

「運営の費用は？」

「国が全て賄えればいいのだけれど、それが負担になるのなら貴族に出させるといいわ。寄付という形にして、金額によって名誉を与えれば、喜んで出すのじゃないかしら？　平民は学校を卒業してから働いたお金で支払いをさせるとか。有能な者には国が仕事を斡旋《あっせん》すれば取りはぐれることはないでしょう」

「身分の差で軋轢《あつれき》が生まれるのではないか？」

「それなら、学校内では身分制度を撤廃したら？　『生徒』という立場で平等にするの。全て平等とはいかなくても、大きな差をつけなければいいわ。何なら、華美な服装をさせないために制服というお仕着せを着ることにさせてもいいし」

「使用人のような？」

「あれよりは可愛いのがいいわね。制服を着ている者は学問を学んでいる者だと他者にもわかるようになるし」

　こう考えると、学校制度って色々考えられてるのよね。

　私も、学校を卒業してから、もっと学べばよかったと後悔したわ。

　だって、図書館の本は読み放題、優秀な教師にいつでも質問ができる。でも学校を卒業したら本は自分で買わなくちゃならないし、教えてくれる人だって自分で探してアポイントメントを取らないといけないのだもの。

「お前の考えを上申書に起こせるか？」

「自己流の書き方でよければ。上申書の書式はわからないもの」

「好きに書いていい。読むのは私だけだ。私にセレスティアの考えがわかればいいんだ。

そこから先は私が主導権を握らなければ何も動かないだろうからな」

「『他国』の『女』ですものね」

「……お前は本当に物事をよくわかっているな」

社会人を経験してきてますからね。

「にしても困った」

「困る？」

「お前と話をしていると、どんどんお前に興味が湧いてしまう。最初は面倒な話を避けるために利用するだけのつもりだったのに」

「私なんかのどこに興味があるの？」

真っすぐな彼の目に見つめられて、不覚にもドキドキしてしまったから茶化して問いかける。

「全部だ」

変わったところだと笑い飛ばしてくれると思ったのに、彼は真顔のまま答えた。

「婚約破棄を言い渡された時に切り返した度胸が面白いと思った。ああいう場面では女はただ泣くだけだろう？」

「泣き寝入りなんかしないわ」

ここでやっと彼が唇を歪める。

「そういうところだ」

「気が強いと言いたいの？」

「それだけなら、他にもいるだろうな。忌ま忌ましいサリーダにしても気は強い。頭も悪くはないし、容姿も悪くはない」

彼女は男性の好む容姿だものね。

「サリーダが亡国の王女で、国の再興を考えていなければ惹《ひ》かれていた？」

自分で口にしながら、何故か胸に不安が広がる。彼が、ハッ！　と大きな声で笑いの一欠けらを発していなかったら、それはもっと大きくなっただろう。

その戸惑いを隠すために、テーブルの菓子に手を伸ばした。

「あり得ないな」

口の中に広がる菓子の甘さのように、彼の言葉が与えられる。

「でも美人で、血筋がよくて、頭もいいし、度胸もあるわよ？」

「あの女の頭の良さは狡猾だ。お前の知性とは違う。度胸は策謀だ。そうだな、お前を勇猛な狼《おおかみ》にたとえるならあちらは蛇か蠍《さそり》だ。相手の隙を狙う姑息さだ。正々堂々とケンカを売るセレスティアとは違う」

「私が単純だって言ってる？」

褒められているという甘美に飲まれないように憎まれ口を叩くと、彼はやれやれと言っ

るのに。
それでなくても、容姿ではなく中身を褒めるようなことを言われて、喜んでしまってい
た目を向けた。
「私は正々堂々と戦う方が好みだ」
それは単に戦い方のことよね？
目を見て言われると誤解しそう。
それでなくても、容姿ではなく中身を褒めるようなことを言われて、喜んでしまってい
るのに。
私の意識は前世からのもの。でも容姿はこの世界のもの。どうしても、ここでは自分が
自分でないような気がしていた。
憑依《ひょうい》とか乗っ取りじゃない。ここで生まれてからずっと『私』は『私』として生きてい
る。なのに外側だけを褒められると違和感を覚えていた。
この世界では、女性は容姿が重要。
でも『私』は中身があってこその『私』なのだもの。
エルセードが、私を面白いとか変わっているとか言うと、中身の『私』を見てくれてい
るのだと嬉しくなってしまっていた。一般論ではなく、私のことを語ってるから。
「他者の幸福を考える思考もいい。感情に任せて怒るのではなく、理を唱えて諭すのもい
い。厳しさを見せるのに、必要以上の罰を求めなかったのもいい」
今もそう。

容姿ではなく中身を褒めてくれるから、彼の言葉が甘いのだ。

「茶会でも女達をやり込めたらしいな？」

「やり込めたなんて……」

嫌だわ。どうしてそんなことを知ってるの。あの中の誰かが彼に報告したのかしら。

「散々厭味を言われたそうじゃないか。だがそれを私に告げなかった」

「自分で解決できるもの。それに、あなたにはそんなものより皇帝としてもっと大切なお仕事があるでしょう？」

「他人の威光を利用しないところも、私を気遣ってくれるのも悪くない」

嬉しそうな顔をしないで、誤解するから。

経験が少ないから、あなたにとって普通の言葉が私にとっては口説き文句に聞こえてしまうの。誤解して、こっちがその気になってもいい結果は得られない。

愛がなければ、あなたは他の女性にも手を出すでしょう？　恋愛経験の乏しい私には、それはきっと耐えられないわ。

だったら最初から好きにならない方がいい。

「皇帝陛下の婚約者という立場はいっぱい利用してるわよ」

「それはお前自身の肩書だろう?」

「そうだけど……」

「やがてお前は皇妃になる。もっと強い力を得られるぞ」

「それこそ私の力じゃないわ。白い結婚で離宮に引き籠もるんだから、そんな権力行使する予定もないわ」

「すぐには引き籠もらせないぞ」

少し怒った口調。

「皇妃としての仕事もしてもらう」

「それはまあ、色々とお世話になってるんだからやるべきことはやりますよ」

何が彼を怒らせたのかしら。

さっきまでと違って不機嫌さが顔に表れている。

王様とか皇帝って、感情を顔に出しちゃいけないんじゃなかったかしら？

いつも人をバカにしたような余裕の笑みを浮かべているけれど、私の前では時々不機嫌な顔をするのよね。

「菓子は持って帰っていい。数日中にさっきの学校とやらの草案を纏めておけ。私は暫《しばら》く城を空ける。話の続きは私が戻ってからだ」

「話は終わりということですか？」

問いかけると、彼はにやりと笑って立ち上がり、歩み寄ってきた。

「もう夜だ。これ以上二人きりでいると契約違反をするかもしれないぞ」

言いながら私の髪に触れる。

「これは契約範疇《はんちゅう》内だな」

そして屈《かが》み込んで私の頬にキスした。

「みっ！」

「『み？』」

予想していなかった行動に変な声を上げてしまった。

「み、淫らな行動は慎んでください！」

「淫ら？　頬へのキスが？」

エルセードは腹を抱えて笑い出した。

そんなに笑わなくたっていいじゃない。人間咄嗟《とっさ》の行動なんて制御できないんだから。

反射的に頬をひっぱたかなかったことを褒めて欲しいわ。

「悪かった、悪かった。悪戯が過ぎたな。学校以外にも、何か提案があれば書いて渡してくれ。暫く忙しいが、夜に一緒に菓子を摘まむくらいの時間はまた作ってやる。婚約者として甘い時間は必要だからな」

笑われるのは腹立たしいけど、機嫌は直ったみたい。まだ笑ってるもの。

このまま帰るのも負けた感があるから、テーブルの上の菓子の中で気に入ったものを一つの皿に移し替えて持ち帰ることにした。

彼の分なんて考えずに。

「お言葉に甘えて、お菓子はいただいて帰ります」

それもまたおかしかったのか、彼の笑いは続く。

「今度好みのものを伝えてくれたらそれを用意しておこう。持ち帰り用のバスケットも必要か？」

子供扱いだわ。

その方がアヤシイ雰囲気よりはいいけど。

「結構です。おやすみなさい！」

部屋を出ると、扉の向こうから彼の笑い声が聞こえた。

大爆笑ってこと？　お菓子を持ち帰るって、そんなに笑われること？

ムカムカしながら隣の自室へ戻り、ソファに座って菓子をテーブルに置く。

砂糖で綺麗に飾られた古風な焼き菓子。

「お茶も持ってくればよかったわ」

手を伸ばして一つ口に入れると、甘味《あまみ》の強い菓子が長く舌に残り、上手く飲み込むことができなかった。

美味しいけれど濃すぎる。

まるで、自分の気持ちのよう。

エルセードが思っていたよりもいい人で、好意を向けてくれているのがわかるけれど、自分がそれをどう受け止めたらいいのかわからない。

彼の態度や言葉の甘さを飲み込んでしまったら、喉に詰まらせてしまうのではないだろうかと不安になる。

結局、私は持ち帰った菓子をそれ以上口に運ぶことはなかった。

甘さが怖くて。


喉に詰まらせるのが怖いなら、メイドにお茶を運ばせればよかっただけのことだと気づいたのは翌朝になってからだった。

お菓子の話だけれど。

食べなかったお菓子はメイド達にあげてしまった。彼女達は恐縮しながらもとても喜んでくれた。

この世界のお菓子は私には甘過ぎる。

ただそれだけのこと。

夜遅くに重い菓子を食べたから、変なことを考えていただけだわ。

褒められなれていないから、彼の言葉に舞い上がっていただけ。

エルセードは私を特別になんて思ってないはず。だって、私達はなりゆきで婚約しただけだもの。

彼は私に興味はあるのかもしれない。

それは前世の知識が珍しいからよ。この世界の人間なら考えつかないようなことを口にするからだわ。

婚約は契約。

私は妹達から逃げたいから、彼はサリーダとの縁談から逃げたいから。互いの利害が一致してるからよ。

心を落ち着かせて、私は学校の草案に取り掛かることにした。

建築などの資料が欲しかったので侍女に頼んだが、あまりそういうことに詳しくはないということでサイモンドがやってきた。

「必要な書物のタイトルはわからないのですね？」

「ええ。内容だけではいけないかしら？」

「では内容を詳しく書いたものをいただけますか？」

相変わらず慇懃《いんぎん》な態度ね。でも嫌われているわけではないのよね。

「そういえば、昨夜エルセードが城を空けると言っていたのだけど、詳しい話を聞かなかったの。どこへ行ったかわかるかしら？」

「セドの残党が国境の村を襲ったとの報告がございましたので、そちらへ」

「戦闘になるの？」

セドの残党と聞いて、この国へ来る途中の襲撃を思い出す。

「いいえ、既に解決しておりますが被害状況を確認に」

「そう、それならよかったわ」

「よかった、ですか？」

サイモンドは窺《うかが》うように聞いた。

「戦わなくてよかったでしょう？」

「然様《さよう》ですな。無粋な質問でした」

全体的な状況は聞いていたが、詳細までは教えられていなかったので、サイモンドに尋ねてみた。

「国境での小競り合いはまだ続いているのね？」

「ごくたまに、です」

「組織だっているの？　首謀者がいるのかしら？」

「徒党は組んでいるようですが、全体的に組織だった動きというよりは散発的に騒ぎを起こしているといったようです」

「国境警備を疲弊させようというのかしら？」

問いかけると、彼は一瞬驚いたように片方の眉を上げた。

「その可能性はあるかと」

すぐに感情を消して事務的な答えをくれたけれど。

「セドの残党の騒乱に関して、わかっていることを纏《まと》めて届けて頂戴」

「ご興味が？」

「当然でしょう」

戦争が起きて殺されるのは御免だもの。

……エルセードのことも心配だし。

「かしこまりました。纏めて書籍と共にお持ちいたします」

「ありがとう、お願いね」

サイモンドが退室すると、私は机に向かった。

ギスギスした社交界に出て行くより机に向かっている方が気が楽だわ。

前世でも仕事は好きだった。

精進したことが結果に繋《つな》がるのは楽しい。

学校のシステムと運営方法については、昨日エルセードに話したことをブラッシュアップしておこう。

教室という概念もないから、全てを一つ一つ説明していかなくちゃ。

学校ができたら、学園ラブロマンスもアリよね。

異世界転生で、中世ヨーロッパの世界観に学校があるのは不思議だったけど、舞台になった時代より前にも転生したり転移したりした人がいて、礎を築いたのかも。

……って、真面目に考えることでもないか。

異世界転生で有利なのって、セッケン作ったり、現代の料理を作ったりすることだけど、生憎《あいにく》セッケンの作り方なんてしらない。

ボディシャンプー派だったから。

お菓子も、料理はするけれどケーキとかクッキーなんて作ったことはない。

せいぜいがところ、アパレル関係の会社に勤めていたから、服飾の知識がある程度なのよね。

でも一般的な知識ぐらいはあるから、学校以外の提案も考えてみよう。

上下水道とか？

あまりに規模が大き過ぎるか。

年金制度、……もこの世界観にはハマらないわね。

医療関係はまだここの知識が足りないから詳しくは考えられない。

でも総合病院とか、お薬手帳とかはできるわね。小さな診療所を統合して、複合的な診察のできる場所を作ったり、服用薬の使用歴を記したものを作ったり。

製紙、はできてるみたいね。

今使ってる紙は、結構上質だもの。

印刷技術は発展していないようだけれど、活版印刷の仕方なんてわからないし。

嫌だわ、あんまり役に立つ知識がないわ。

午後にサイモンドが本を届けてくれた。

そしてセドとの騒乱について纏めたものも。

私は正直にこの国のことでは知らないことが多いので、もっと色々と教えて欲しいと頼み込み、現在のセドの残党について説明してもらった。

サイモンドはエルセードが一番の人で、彼の伴侶となる私がきちんとした知識を得ようとすることは大歓迎のようだ。

セドという国が一神教で、神の末裔《まつえい》が王族だから王族を崇拝しているというのは既に教えてもらっていた。

国土には岩山が多いので農業が発達せず、鉱山はあるが加工技術が発達していない。神の血族が治める国だからあくせくと働くのはみっともないこと、という風潮がある。

収入は狩猟と鉱物を帝国に売ること。

そして奪うこと、だ。

何度も越境してきては帝国から物品を奪い去った。

国は関与していない、個人的な野盗だと言い張って侵略するほどではなかったため、言い訳を信じていなくてもセドに逃げ帰ってしまった者達を越境して追いかけることはできない。

こちらが侵略していると言われかねないから。

そしてエルセードの父親が病に倒れた時、彼らは終《つい》に戦争を仕掛けてきた。

結果はエルセードにコテンパンにやられて、サリーダ以外の王族を殺され、国も属国とされてしまったわけだけれど。

エルセードのしたことは、前世の考えでは非道《ひど》過ぎるかもしれない。

でもこの世界に生まれ育った私は彼を肯定する。

まだこの世界は共存の道を選べるほどの余裕はなく、人々も勝利者が正義という考えだから。

酷《ひど》いことを言ってしまえば、セドの民を虐殺して、そこに帝国民を入植させて完全に国を乗っ取ることだってできた。

殺害を王族だけに留《とど》めて、属国という形で国の名を残してあげたエルセードは優しい。

その優しさが、未《いま》だ残る騒乱に繋がるのだけれど。

逃《に》げ果《おお》せた兵士達が（セドでは戦士と呼ぶらしい）徒党を組んで、相変わらず国境の町を襲っている。

更には国内に入り込み、エルセードの命を狙っているフシもあるらしい。

「国内に内通者がいると思う？」

率直な質問をぶつけると、サイモンドは返答をするまでに時間を置いた。

「セドの者は我が国の地理に詳しいとは思えません。なのに城の近くで奴《やつ》らを見たという者もいます。それは何故なのか、と考えることはあります」

地理に明るくない者が国の中枢に現れるのは、手引きした者がいるのかもしれないということだけれど、立場上はっきりとは言えないってことね。

「サリーダさんはロクセリア侯爵預かりなのよね？」

「娘のように扱っております。他者にもそのように強いているようです。いっそ本当の娘にしてしまえばよいものを」

本音がポロリと零《こぼ》れたが、取り繕う様子はない。

誰に聞かれても構わないということだろう。

「サリーダさんは、あなたから見てどんなお嬢さん？」

サイモンドはまた方方の眉を歪《ゆが》めた。

彼の表情はそこでコントロールされているのね。

「奔放で狡猾《こうかつ》、見た目通りではない、かと」

「危険？」

「はい」

「とても？」

「個人的にですが、私はそう思います」

サイモンドはエルセードが信頼する人物だ。

侍従としても優秀で、経験値もあり人を見る目もあるだろう。その彼が『とても』危険と評する人物……。

本気で注意した方がいいかも。

「ありがとう、注意しておくわ」

人が殺されるなんて、前世では自分からは遠い話だった。

不幸な事件とか、テレビのニュースとか、物語の中のことと考えていた。

けれどここでは違う。死刑は残ってるし、戦争もある。マイーラではリンリーナに苛《いじ》められても、殺されかけたことはない。

サリーダはどうだろう？

私を邪魔と思ったら殺意を向けるのかしら？

ふいにここへ来る途中の馬車の襲撃が思い出されて身体が震えた。

「セレスティア様？」

「ああ、ありがとう。これからもまた色々と教えてくださいね」

サイモンドを返してから、私は考えてしまった。

不遇な境遇から逃げるためにエルセードの手を取ってここまで来たけれど、私には本当に彼の婚約者でいる覚悟はあるのかしら？

このまま皇妃になって大丈夫なのかしら？

彼が素敵だとか、妹の手から逃げるためだとか、仕事を認められるのが嬉《うれ》しいなんて考えだけで本当に大丈夫？

とはいえ、今の私はここから出て行くことはできない。

この部屋にあるものは皇帝の婚約者のためのものであって、私の私物は一つもない。持ち出したら泥棒だ。

だからといって何一つ持たずに城を出ても、見知らぬ国では生活できないだろう。

ここから逃げる。

エルセードから離れる……。

自分の髪の色のドレスを着ただけで喜んでくれた顔が頭を過る。

人のことをからかうように笑っている顔ばかりを視《み》ていたのに、どうしてたった一瞬のあの顔が浮かぶのか。

「別に、今すぐ逃げ出さなくてもいいか……」

そう口にする自分の心の中に、エルセードから離れたくないという気持ちがあることを無視できなかった。

離れれば、二度と会えないとわかってる人だから。

「契約だものね」

その一言が言い訳だということを自覚しながら。


危険を意識したとはいえ、そういう生活とは離れていた私が危機感を持続するのは難しかったようだ。

エルセードがいない間は社交を休んでいいという許可をもらっていたので、私はサイモンドに本を届けてもらい部屋で仕事に勤《いそ》しんでいた。

久々の仕事にのめり込み、ようやく四日目に満足できる学校設立の上申書と様々な提案を纏めた立案書が出来上がった時にはすっかり失念してしまっていた。

正常化バイアスというのか、狙われてることは意識していたけれどそれほどのことじゃないわよね、私は大丈夫よね、という気持ちになっていた。

部屋に籠もってばかりだったので、気分転換にちょっと散歩しようと一人で庭へ出た。

庭といっても、王族の居住区にある中庭だし危険なんてないわよね、と。

でもこれを忘れてはいけなかったのだ。敵対者は、皇弟と城内を自由に歩ける高位貴族、厚かましい亡国の王女だということを。

綺麗《きれい》に整えられた庭園の間を縫うように整えられた小道を、美しい花を眺めながら散策する。

吹く風に植物の青い匂いと甘い花の香りが混じって、心地よい。

やっぱり外の空気を吸うって大切よね。

新鮮な空気を深呼吸しようと足を止め、花に顔を近付けると突然人の気配を感じた。

「これは、これは、セレスティア嬢ではありませんか」

聞き覚えのない声。

でも皇帝の婚約者である私を『様』ではなく『嬢』と呼ぶ人って……。

嫌な予感がして振り向くと、金髪の若い男性が満面の笑みで立っていた。

「こんなところでお会いするとは」

思った通り、エルセードの弟であるグリニード殿下だ。

イケメンであるというところだけは同じだけれど、野性的で威風堂々なエルセードと違い、細身で優男っぽいのにどこか企《たくら》んでいそうな笑顔。

まだ直接言葉を交わしたことがなかったのよね。前の時にはグリニード自身近付いてこなかったので紹介してもらえなかったのだもの。

「これはグリニード殿下。初めてお言葉を交わさせていただきます」

儀礼的に挨拶はしたけれど、マズイ。

これは絶対にマズイと思う。

紹介されなかったこともそうだけれど、エルセードに二人きりでは会うなと言われていたのに。今この状況は、解放された場所とはいえ正に二人きりじゃない。

「姉上、とお呼びするにはまだ早いですので、セレスティア嬢でよろしいですか？」

彼は笑顔を浮かべたまま、私に近付いてきた。

「はい、殿下」

「殿下だなんて、グリニードで結構ですよ。今言いましたでしょう？　遠くない未来に姉弟になるのですから」

更に近付かれ、手が届く範疇《はんちゅう》まで詰められたので私は一歩下がった。

「どうかそれ以上は。私はまだ未婚の身なので」

「姉弟になるのですから……」

「今はまだ他人ですわ」

断りの文句としてピシリと言ったつもりだったけれど、それを逆手に取られた。

「そうですね。兄上と結婚するまではあなたは誰のものでもない。私が美しいあなたに恋してもかまわないわけです」

ああ、もう一つエルセードが言っていたことを思い出したわ。

パーティの時、サリーダと仲がいいのかと訊《き》いた私に『サリーダに限らず女は嫌いじゃないようだな』と笑ってたじゃない。

「ご冗談を。私は婚約者がいる身ですわ」

「婚約です。結婚ではない」

「婚約は神聖なものです」

「だがあなたは一度婚約を破棄している。再び破棄してもよろしいのでは？」

「私が望んだわけではありませんわ」

「相手が勝手にしたと？　ならば兄上が婚約を解消するようにすればいいのかな？　あなたが私を選んだとなれば兄上は身を引いてくれるかも」

手が差し伸べられる。

身を引いて逃げたけれど、グリニードの手は差し伸べられたままで離れた分近付かれてしまう。

「離れてくださいな」

「ご挨拶をしたいだけですよ。どうぞその白魚のような美しい御手《おて》に口づけを許してください」

気持ち悪い。そんなこと許すわけないでしょう。

「遠慮させていただきますわ。今、草花に触れて手が汚れておりますので」

ここで捕まったらマズイということはわかる。この男の目は、サリーダの開いたドレスの胸元を見ていた時と同じだもの。

手なんか摑《つか》まれたら何をされるか。

なのにまだ彼は私に向かって手を差し出したままだ。

「銀髪なんて、初めて見ました。キラキラと輝いて、白髪とは違うのですね。至宝と言ってもいいくらいです。あなたの美しさを飾るに相応《ふさわ》しい」

どんなに顔がよくても、こういうセリフをスラスラと言えちゃう男は生理的にダメ。

「手がだめならその髪に触れさせてください」

手がだめなのに、どうして髪なら許されると思うの。

「お断り致します」

「どうしてです？」

「私はエルセード陛下のものですから」

エルセードの名前を出した途端、彼の顔付きが変わった。

好色そうなにやにや顔が張り詰めたように厳しくなり、苛立《いらだ》ちが見える。

「あんな恐ろしい男より、私の方がいいと思いませんか？」

「恐ろしいだなんて。陛下はご立派な方です」

「立派？　戦闘が好きなだけで持《も》て囃《はや》された男でしょう」

いかにもバカにした風な言い方にムカついた。

戦闘が好きなだけ？　それが命を賭けて国を守ろうとした人に向けた言葉？

「陛下も好きで戦闘に出たわけではありませんでしょう」

「いやいや、みんな救国の英雄のように言っていますが、たかが蛮族相手に兵を率いて勝利しただけのこと。兄一人で勝ったわけではない」

「優秀な指揮官がいなければ軍隊もただの烏合《うごう》の衆ですわ」

「あなたは女性で、戦闘を知らない。軍隊というのは普段からちゃんと訓練をされている者達の集まりです。あんなもの私だって簡単に勝てますよ」

「まあ、それでは次に戦闘があったらグリニード殿下が先頭に立たれますのね？」

「……いや、あれは皇帝が立つものだから」

戦場に出る勇気もないクセに、他人をこき下ろすわけね。

こういう、『俺は本気を出してない』『あいつの手柄は役職のお陰だ』と言う男って大嫌い。

他人に文句を言うなら自分で成果を上げてからにしなさいよ。

「そうですわね。グリニード殿下は皇弟であって皇帝ではありませんものね」

厭味《いやみ》のつもりで言ったその一言が、彼の逆鱗《げきりん》に触れたようだ。

グリニードは躊躇《ためら》うことなく私の腕を摑んで言い放った。

「今は、ですよ。兄に不幸があれば私が皇帝だ」

「その言葉は謀反の意志ありと取られてしまいますわよ？」

「不幸があれば、と言ったでしょう？　避けられない運命というものです」

「あなたがその運命を作る、と」

「私は何もしません。ですがそれを望む者がいるのは事実です」

つまり、自分は何もしないけど、自分を皇帝にしたがってる人間がいると。その流れに乗るだけだと言いたいのね。

「その流れとはロクセリア侯爵のことかしら？」

少しは焦るかと思ったのだが、彼は鼻先で笑っただけだった。

「女性は想像力が逞《たくま》しい。私は何も言いませんよ」

「そうですわね。想像でものを言ってはいけませんわね。手を離してください」

「あなたを手に入れるのに、何もあなたの心変わりを待つ必要もないんですよ？　たとえば、あなたが不貞を働けば、兄は婚約を解消せざるを得ない。皇帝の子供の種がわからないのでは困るでしょうからね」

その言葉にぞわっと背中に鳥肌が立った。

この男、私を襲うって言ってるの？

「戯れもいいかげんにしないと、声を上げますわよ」

「ではその口を塞がなくては」

本格的にマズイと思って、ドレスのポケットに入れた『秘密の武器』に手を伸ばした。

「セレスティア様、こちらにいらしたのですか？」

けれどそれを使う前に、救いの主が現れた。

「これは、これはグリニード様。こちらは皇帝の居住区、皇弟殿が用事のある場所ではないと思いますが？」

姿を見せたサイモンドは、グリニードに深々と頭を下げながらも鋭い目を彼に向けた。

「花を愛《め》でているうちに迷っただけだ」

「然様ですか。失礼ながらセレスティア様に御用事がございますので、その手をお離しください。セレスティア様は陛下の婚約者様なれば、無闇に余人が触れてよい方ではございません」

指摘され、グリニードは慌てて私から手を離した。

「このことはエルセード陛下にご報告させていただきます」

「何を言ってる！　これは彼女が躓《つまず》いたのを手助けしただけだ」

叱り付けるのではなく言い訳したところを見ると、グリニードは兄だけでなくこの老獪《ろうかい》な侍従も苦手なのね。

「それではグリニード殿下。私は失礼いたします」

「セレスティア嬢、私はあなたを褒《ほ》め称《たた》えていただけだろう？」

私が離れると、焦った様子で目配せしてきた。

「私は躓いた覚えはありませんが、今はそういうことにしておきましょう」

「セレスティア嬢」

慌てるくらいならしなければいいのに。

まだ何か言おうとしたけれど、見苦しい言い訳を聞きたくないので小走りにサイモンドに近付き「行きましょう」とその場を離れた。

サイモンドと歩いて建物に向かいながら、私は独り言としてポツリと呟《つぶや》いた。

「小者だわ」

返事があると思わなかったし、むしろ咎《とが》められると思っていたのに、隣からも独り言のような声が聞こえてきた。

「小者でございます」

そしてこれは注意するように、少し大きめの声で続けた。

「大言壮語で、小さな利益をかき集め、自分に害が及ばないように生きる人物というものはいるものです。そういう者は己が身に危険を感じると錯乱して何をするかわかりません。ですから近付かないよう、追い詰めないようにするのが得策かと思います」

名指しはしないけれど、サイモンドはそう思ってグリニードに対応しているのね。

「来てくれてありがとう。本当に助かったわ。私に用事があるなんて嘘《うそ》でしょう？」

「偶然です。窓からセレスティア様に近付くグリニード殿下が見えましたので。これからは、お一人で行動なさらないことをお勧めします」

「そうね。私も懲りたわ。部屋で仕事をしていたから一人でいたけれど、これからは侍女のポンピス夫人と行動するようにします」

「それがよろしいでしょう」

建物の中に入り、サイモンドと別れると私室に戻ってすぐにポンピス夫人を呼んだ。

書き物ばかりしている私の側にいてもすることがないだろうと思って控えさせていたけれど、これからは好きなことをしていていいから部屋にいてもらうことにした。

大した害はなかったのだけれど、グリニードに手を掴まれた時の恐怖は忘れられない。

私の立場は色んな意味で安全ではないのだと思い知った。

けれど、心の中の敵リストのグリニードの危険度ランクは下げた。

近付かなければ危険は少ないと思う。近付くと何されるかわからないけど、命を取るようなことはしないだろう。

エルセードは彼を危険と判断していたけれど、きっとそれはロクセリア侯爵とセットか、御しやすい弟がいる限り反乱分子が消えないという意味かも。

だとしたら、本当の彼の敵はやはりロクセリア侯爵なのかしら？

セドの残党？

それとも私には言っていない誰かがまだいるのかしら？

もう一度訊いてみた方がいいのかもしれない。

そう思いながら、私はエルセードの帰りを待つことにした。


エルセードが戻って来るまで、もう私は皇帝の居住区から出なかった。

……というほど慎重にはなりきれず、取《と》り敢《あ》えずポンピス夫人と連れ立って歩くことにした。

グリニードの一件から二日後、エルセードは戻ってきた。

迎えに出るようにとは言われず、着替えを済ませた彼の部屋に呼ばれて初めて彼の帰還を知らされた。

「私が不在の間、問題はなかったか？」

相変わらず横柄な態度だけれど、視線だけは少し優しげに見えるのは親しみが湧いてきたからだろうか。

正味一週間に満たない不在だったのに、彼の姿を見てその視線を受けた途端、『やっと』戻ってきてくれたと感じてしまった。

私、エルセードがいなくて寂しかったんだわ。

異国の地で頼る人がいなかったという寂しさではない。サイモンドもポンピス夫人も側にいてくれたし、メイド達もよくしてくれたもの。

ただ『エルセードがいなかった』ことだけが寂しかったのだ。

いない時にはそんなこと思わなかったのに、顔を見たらそう思っていたことを思い出すなんて変だけど。

「問題ないわ」

自分の失態でもあるので、グリニードのことは言わなかった。サイモンドもきっとわざわざ報告はしないだろう。

「学校のことやその他のこと、色々纏めたのだけれどどうします？」

「ああ、持ってきてくれ。検討して、質問があれば後で呼ぼう」

「今話し合わないの？」

「これからまだめんどうなジジイ共との話し合いだ。視察の結果を伝えなければならないし、対策も考えなければ」

ああ、そうね。治世よりも戦闘優先よね。

「わかったわ」

「なので、せっかく戻ったのに残念ながら今日は食事は別だ」

「別に残念でもありませんわ」

その言葉に落胆したのに、強がってしまった。

だって、寂しかったとか、一緒に食事をしたかったなんて私から言い出すのは、何だか負けた気になってしまうのだもの。

可愛《かわい》い女なら、きっとここで寂しいと素直に言うのだろう。負ける気がするなんて思ったりしない。

こういうところが、気が強くて男の人に敬遠されるところなんだわ。

「どうした？」

「あ、いいえ。折角《せっかく》書類を纏めたので、見てもらえないのが残念なだけです。もちろん、優先順位はわかっているので文句はありませんけど」

「ちゃんと読みたいから後に回すんだぞ。片手間にされたくないだろう？」

「ええ、わかってます。不満じゃなくて感想ですから、気になさらないで」

怒っていないことを示すためににっこりと笑ってみせた。

「帰還報告はこれで終わりだ。呼ぶまで好きにしていろ」

口には出さなくても、こちらは寂しいと感じていたのにあっさりとしたものね。

ここで文句を言えば気持ちを吐露するみたいだから、私は黙って部屋を出た。

あなたは遠征中一度も私を思い出さなかった？

気に入ったとか、興味が出たとか言っていたけれど、所詮は目の前にいてこそでしかなかったの？

そんな不満が出るほど、彼に固執しているなんて知られたくないから、そのまま部屋へ戻った。

どうせ彼はお忙しいでしょうから、私を呼び出すことも忘れてしまうわ。

部屋を訪れるなんてこともありはしない。今まで一度だってなかったんだから。

なのに、その日は一日部屋を空けることはできなかった。

もしかしたら、という期待が拭えなかったから。

「書類を纏めて疲れてしまったから、今日は部屋でゆっくりするわ」

とポンピス夫人に言って、読書に勤しんだ。

けれどその甲斐もなく、昼食も夕食も食堂で一人で摂《と》り、彼からの伝言が届くこともなかった。

何を期待していたのかしら。

彼が帰ってくるなり『会いたかった』と私を抱き締める？

物語の世界にどっぷり浸《つ》かって夢を見過ぎだわ。

彼は都合がいいから私を婚約者にしただけ。私もあの場から逃れるために彼の手を取っただだけ。

私達の関係はそれだけじゃない。

……でも、彼とのやりとりは緊張するけど面白かった。気の強い私を認めてくれたのも嬉しかった。

彼がいないと寂しかった。

エルセードのことが気に入ってることは、もう否定できない。

ううん、気に入ってるどころか……。

彼に白い結婚を願ったのは私の方。彼はそれを受け入れてる。

ということは、エルセードにはその気はないということ。

ならば今更自分から『あれはナシにしてもいいわよ』なんて言えない。

「白い結婚なんて言葉を知らなければよかった」

普通に生きてたら、そんな言葉は知らないはずだ。でもラノベなんかを読んでたらよく出て来る言葉だから使ってしまった。

恐ろしい人かもしれないと思ったから、男性経験がないから、避けられるなら避けたいと思ってしまった。

あんな事を知らなければ、いつかは結婚するのだと、そういう関係になるのだと覚悟をしていたかもしれないのに。

自分ではよくやったと思ったことが、後になって失敗だったと思うことは多々ある。

この決断は成功だったのか、失敗だったのか。

愛されないなら触れない方がいい。だから白い結婚を選んでよかった。

結婚して、そういう関係になれば自然と愛情が湧いてくれたかもしれない。そのチャンスを棒に振ってしまったのかも。

彼は皇帝だから、跡継ぎを求めて女性を抱くだろう。私はそれを遠くから眺めるだけ。

この選択は、正しかったのか否か。

生まれてしまった気持ちを無視するべきなのだろう。

でも無視し続けられるのかしら？

これからも、彼と向き合って、彼のいいところにもっと気づいてしまったら？　それでも私は悲しむことはない？

ちょっと邪険に扱われただけでこんなにヘコんでいるのに？

悶々《もんもん》と悩みながら、湯浴《ゆあ》みをして、ナイトドレスに着替えてベッドに入っても、私はまだ考えていた。

白い結婚を破棄するべきかどうかを。

変なことを考えていたから、うとうとしながらもしっかりとした眠りに入れないままどこかで意識が目覚めたまま微睡《まどろ》んでいると何か物音が聞こえた。

気のせいかもしれない。

でも自分の今の状況を考えると再び眠りに落ちる気にはなれず目を開けた。

枕元にメイドが灯《とも》してくれていたランプはまだ火が残っていて、ぼんやりと部屋の様子が窺える。

目を凝らすと、一つの影が近付いてきた。

「き……っ…」

悲鳴を上げようとした口が、駆け寄ってきた影に塞がれる。

人の手だ。

こういう時はその手に嚙《か》み付けというけれど、大きな手のひらに顎まですっぽりと覆われて嚙むどころか口を開くこともできない。

殺される?

恐怖に身体が固まる。

「声を上げるな。私だ」

怖くて泣きそうになった時、低い声が聞こえた。

この声……。

「私が誰だかわかるな?」

問われて、頷《うなず》いた。

「では声を上げるな」

そう命じてから、手が離れる。

「脅かさないで、こんな夜中に何の……」

彼の身体の重みがどさりと私の上にのしかかる。

え？　ちょっと待って。

そういうことを考えはしたけれど、唐突過ぎない？　こういうことは手順を踏んで求めるものでしょう？

「エ、エルセード？」

今度は恐怖ではなく緊張で身体が固まる。

けれどそれは私の誤解だった。

「エルセード？」

重い。

女性を求める男の態度じゃない。これではまるで倒れ込んできたようではないか。

「詰めろ。横になる」

「酔ってるの？」

「違う」

「具合が悪いの？　だったら誰か人を……」

「呼ぶな」

鋭い声が飛ぶ。

これは甘い雰囲気なんかじゃない、異常事態だわ。

私は身体を起こして倒れてきたエルセードを乗り越えてベッドを下りた。

「……皇帝を乗り越えるか？」

おかしそうに声が震える。

「あなたの身体が大きくて重いんだから仕方ないでしょう。ほら、ベッドに入って」

自分が横になっていた場所に彼の身体を横たえる。

全く動けないわけではなさそうだけれど、動きは緩慢で重たそうだ。

「何があったか、簡潔に説明して」

「その前に窓と扉に鍵をかけろ」

「わかったわ」

言われてすぐに入口の扉へ向かう。一瞬迷ったけれど、少し開けて廊下を確認した。

人影はない。物音もない、……と思う。少なくとも私の耳には聞こえない。

すぐに扉を閉め、鍵をかけた。更にソファを引っ張ってきて扉の前に置いた。

窓は眠る前にメイドがしっかり鍵をかけていたけれど一応黙視で確認する。うん、閉まってるわね。

　この部屋にもう一つあるエルセードの寝室へ繋がる扉はサイモンドが鍵をかけたし、向こう側にもこちら側にもサイドテーブルを於《お》いてある。

「鍵を確認したわ。外に人もいないみたい。それで、何があったの？」

　エルセードは礼服を着ていた。

　けれど上着のボタンは全開、下に着ているシャツも襟元を開けようとしているがもたついている。

「具合が悪いの？」

「毒を飲んだかもしれない」

「毒？」

　突然の単語に彼の顔を見た。

　顔色は悪くないけれど、よく見ると脂汗が滲《にじ》んでいる。

「毒ならすぐに医師を呼ぶべきよ」

「弱っていると吹聴《ふいちょう》しろと？　私が毒を口にするような愚か者と知らせろと？」

　バカにするような顔で笑われた。

　彼の言いたいことはわかる。

　己の身の危険に対して不注意な人間と思われたくないのだろう。毒の回った身体だと知られたら、それを盛った人間以外の者もチャンスだと動き出すかもしれない。

そういうことを恐れているのだ。

「動けるから大したことはない。だが今襲われたら応戦できないから自室へ戻るのを避けた」

言いたいことはわかるけれど、もしそれが遅効性で、これからもっと酷くなってしまったら?

「いつ毒を飲まされたかわかってるの?」

「関係ないだろう」

「いいから、答えなさい。いつ口に含んだの? それともお香か何かを吸ったの?」

強く問いただすと彼は目だけをこちらに向けた。

「……多分、さっき口にした酒だろう。それ以外は口にしていない。毒には身体を慣らしているから暫《しばら》く横になっていれば大丈夫だ」

彼が『さっき』と言うならまだ時間は経《た》っていないわね。

「動けるなら起きなさい」

「はあ?」

「ほら、早く。上着を脱いで」

強引に彼の腕を取って引き起こすと、私は浴室へ彼を連れて行った。

浴室と言っても蛇口からお湯が出てくるものではない。猫足のバスタブに、メイドが運んできたお湯を張って浸かるものだ。

周囲にメイド達が立って身体を洗ってくれるのだが、私は一人で入りたいからといつも一人で使っていた。

今夜も、メイド達を下がらせて一人で湯浴みをし、そのお湯がまだ残っていた。

「俺に風呂を使えというのか？」

「違うわよ」

彼を浴室へ残し、再び部屋へ戻ると枕元に用意されていた水差しを持って戻り、彼の口に水を流し込んだ。

「何をする！」

「いいから飲んで！　飲んで吐くのよ！」

こちらの意図がわかったのだろう、彼はおとなしく水を口に含んで飲み下した。

「向こうへ行ってろ」

「口開けて！」

酔っ払いの世話ぐらいしたことはある。だから大丈夫。

私は彼の口の中に指を突っ込んだ。

「……」

既に身体に吸収されているかもしれないけれど、少しでもその量を減らさないと。床に、彼の吐き出す吐瀉物《としゃぶつ》が零れる。

その飛沫《しぶき》がナイトドレスの裾にかかったが、気にせず水を飲ませては吐かせ続けた。

何度か吐いた後、彼は口に近づけた水差しを手で制した。

「もういい……」

弱々しい声。

肩で息をしながら、身体を起こして壁まで這《は》ってよりかかった。

「無理に吐かせるなんて、恐ろしい女だな」

「何とでも。目の前で人が死ぬのは嫌なのよ」

「毒には身体を慣らしていると言っただろう」

「毒の種類もわからないのでしょう？　解毒剤がないなら身体の外に出すのが一番よ。さあ、もう一頑張りしてベッドへ戻って」

肩を貸そうとしたが、彼はそれを断ってふらふらと立ち上がりベッドへ向かった。

それを確認してから浴槽の残り湯で床を洗い流し、汚れたナイトドレスを浴室で着替えて濡《ぬ》らしたタオルを持ってベッドへ戻った。

仰向《あおむ》けになり、目を閉じている彼の額をタオルで拭ってあげると、うっすらとその目が開いた。

深い青の瞳にランプの明かりが揺れる。

「着替えたのか」

手が伸びてタオルを持っていた私の腕を取った。

「汚れたもの」

けれど握ってくるその手に力がない。

「酒を口に含んだ時……、異物が入っていると気づいた。だからさして飲んでいない」

「誰に飲まされたの？」

「中立派の貴族だ」

「中立派？　寝返られたってこと？」

「いいや、多分違うだろう。飲んだ後に毒を指摘して叱責したら、珍しい酒を譲られたからと言っていた。そいつに酒を渡した者が黒幕だ」

「誰からもらったか言っていた？」

「出入りの商人だと言っていたが、それが真実かはわからない。その商人も誰かから渡されたのかもしれない。だがその貴族は牢《ろう》へ収監させた。これから調べる」

「そう。……手を離して、上手《うま》く拭けないわ」

「いやだ」

「エルセード」

弱々しかった手に力が籠もり、引き寄せられる。

「不思議だ。毒の反応が出た時、どこか安全な場所へ行かなくてはと思ったらお前の顔が浮かんだ」

「私は権力闘争に関係がない人間だから？」

はだけたシャツの胸に倒れ込みそうになるのを、何とか手をついて身体を支える。

「お前が既に誰かに買収されている可能性だってあるのに、セレスティアなら大丈夫だと思えた」

「信頼されていて嬉しいわ」

シャツの間から覗《のぞ》く逞しい胸に目が行き、ちょっとドキドキする。

かといって顔を見れば、整った顔が近くてもっと胸が鳴る。

「グリニードに声を掛けられたそうだな」

「サイモンドに聞いたの？　平気よ、ちゃんと彼が助けてくれたわ」

「『助けた』か、嫌だったのか？」

「そりゃ嫌よ」

「あいつは金髪碧眼《へきがん》の王子様顔だろう？　女が好む顔じゃないのか？」

「私は好みじゃないわ。軽薄そうで嫌。それに実際中身が最悪だったし」

「では私の顔は好みか？」

突然言われて一瞬反応が遅れた。

「好みのようだな」

余裕の笑顔に悔しくなる。

「……そうね、弟よりは好みだわ」

反応が遅れたのだもの、強がっても仕方ないわ。好みか好みじゃないかくらいは白状してもいいでしょう。

「くだらない話題はもうおしまいよ、おとなしく寝て」

「お前はどこで寝る？」

「私はソファにでも横になるわ」

「ここで寝ればいいだろう」

「ここって……」

「私の隣に来い」

もう一度腕が引かれる。

今度は耐えることができずに彼の胸へ倒れ込んでしまった。

「エルセード、おとなしくして」

「おとなしくするから、隣にいろ」

「……ひょっとして心細いの？」

弱ってる時って、野生の動物でも擦り寄ってくると言うし、もしかして死にそうになって人恋しくなってるのかしら？

「ああ、そうだな。誰かに側にいて欲しい」

「……しょうがないわね」

毒を飲んだなんて状態じゃ、彼でさえもそうなるのね。弱ってるようだし、今夜だけは添い寝をしてあげようかしら。

きっと、もう二度とないことだもの。

「腕を離して。横に入ってあげるから」

気遣ってあげたのに、彼は笑った。

「お前は警戒心が薄いな」

腕が離され、彼がベッドを詰めて場所を空ける。

「母親の気分になっただけよ。今のあなたなら力負けしなそうだし」

「どうかな？」

布団を捲《まく》って中に入ると、伸びて来た腕に抱き寄せられた。

「エルセード！」

「身体は毒に慣れてると言っただろう？　口に含んですぐに吐き出したし、さっき全て吐いた。少しだるいが、お前を押さえこむくらいの力はあるぞ」

「そういうことを言うならソファに移動するわよ」

「逃がさない」

両方の腕で、がっちりと抱き締められる。

さっきの弱々しさはどこかへ消えていた。

「そういうことはしないって契約したでしょう」

慌てて彼を押し戻そうとしたが、大きな身体はビクともしない。

「では契約を破棄しよう」

「エルセード！」

約束は守ってくれる人ではなかったの？　あなたもマルクスと同じように簡単に約束を反故《ほご》にできる人だったの？

睨《にら》みつけると、彼は言葉を続けた。

「いや、破棄しなくても、互いの合意があればいいんだろう？」

確かにそういう記載はしたけれど、合意の意味がわかってる？　愛し合ったらっていう意味なのよ？

「弱ってるから誰でもいいんでしょ。そんなのに合意なんてできるわけないじゃない！」

バカにしないで、と声を荒らげると彼はくるりと体勢を変えて私を組み敷いた。

「誰でもいいいわけじゃない」

上から青い瞳が私を見下ろす。

声のトーンが真剣っぽかったので、流されそうになるけど、ごまかされないわよ。

「たった今、そう言ったじゃない」

「誰かに側にいて欲しいとは言ったが、『誰でも』とは言っていない」

「言葉遊びよ」

「遊びじゃない。その前に言っただろう？　どこか安全な場所へと思った時にお前の顔が浮かんだ、と」

……言われたわ。

「それは私が権力に興味がないから……」

「それだけならサイモンドの部屋へでも行くさ」

「サイモンドの部屋より私の部屋が近いからでしょ」

「セレスティアがいい」

信じられるわけがないでしょう。

今まで恋愛っぽい態度なんか見せたこともないじゃない。ハグしたりキスしたりは演技だし、笑顔を見せるのもからかってる時ばかりだし。

毒じゃなくて媚薬《びやく》でも飲まされてその気になってるって言われた方が真実っぽいわ。

それだったら、股間を蹴って逃げ出せるのに、彼はまだ真っすぐな眼差《まなざ》しで私を見下ろしていた。

「戻ってきてすぐ、グリニードにコナを掛けられたと知って、もしかしたらあいつの方がいいと言い出すのじゃないかと嫉妬した」

「そんなわけが……」

その時、帰ってきたからと呼ばれるまでに時間があったこと。怒ってはいなかったけれど、アッサリとした態度を残念に思ったことを思い出した。

あの空いた時間にサイモンドから話を聞いたの？　そして……。

「帰ってきた時に素っ気なかったのってまさかそのせい？」

「イラついたのは否定しない」

口を尖《とが》らせてそう言われ、俄《にわか》に彼の態度に真実味が増した。

だって、私が知ってるエルセードはこんなセリフは言わないもの。

もちろん全てを知ってるわけじゃないけれど、こんな時いつもの彼だったら『まあそうだ』とか『そう思ってもいいぞ』ぐらいしか口にしないはずよ。

「嘘……」

もしかして、本当に私がいいと思ってるの？

「私なんかのどこがいいの……。しがらみがなくて都合がいいから？」

「その程度の理由ならお前じゃなくていいだろう？」

「じゃ、どうして……。私、気に入ったとか興味があるしか言われてないわ」

「そうだったか？　では言おう。頭がよくて、度胸があって、物怖《ものお》じしない態度が気に入った。グリニードの一件で他の者に渡したくないほどだと気づいた。それに、さっき自分が汚れるのも厭《いと》わずに私の世話をしてくれた姿に、この部屋を訪れた選択は間違いはなかったと確信した」

私を捕らえていた手が外れ、額にかかった髪を優しく撫《な》で上げる。

「セレスティア、私はお前が欲しい」

許可を与えている額へのキスをされる。

「……エルセード」

「どこにも出したくない。離宮へ送ることも、白い結婚も御免だ。これからはずっと私の側に置きたい。他の男に渡したくない」

「あなた弱ってるから混乱してるのよ……」

まだ完全には信じられなくてそう言うと、彼は笑った。

「弱ってるから？　そうだな、弱っているから弱っている時に側にいて欲しい人間はお前だけだと気づいた」

ああ、どうしよう。

私の中にも、あなたを好きかも知れない、求められたいという気持ちがあるのよ。

「愛してる」

だから簡単にその言葉を信じてしまうわ。

「契約ではなく、私の本当の妻になってくれ」

頬《ほお》へのキスも許可はしていたわね。

だから唇が頬を掠《かす》めても抵抗はしない。

「マルクスにも、グリニードにも渡さない。他の男にも。私に相応しいのはお前だけ、お前に相応しい男は私だけだ」

耳元で囁《ささや》くのも、契約違反とは言い難《にく》い。

だからここまでは黙認してあげる。

「セレスティア」

でも唇へのキスはダメ。

近付いた彼の顔に掌《てのひら》を当てる。

エルセードは一瞬驚き、残念そうに目を瞬かせた。

「言うだけ言って、私の気持ちを聞かずにキスするのは契約違反よ」

手を離しても、彼は襲ってきたりはしなかった。

吐息がかかるほど近くから顔を離すことはしなかったけれど。

「私では嫌か？」

この期に及んで適切な距離を保って私の気持ちを尊重してくれるエルセードなら、信じてもいいのかもしれない。

「……本当にちゃんと結婚してくれる？　契約じゃなくて」

私の言葉に彼の顔がパッと輝く。

「当然だ」

「私も……、白い結婚なんて言い出さなければよかったと後悔していたわ」

もう一度近付いてきた顔を、今度は制することはなかった。

確かめるようにそっと重なる柔らかな唇。

抵抗がないとわかると今度はしっかりと重なり、咬《か》みつくように開いて私の唇を覆う。

舌がするりと口腔《こうこう》に滑り込み、中で蠢《うごめ》く。

キス、はしたことがあった。マルクスとではなく、前世で。恋人というよりボーイフレンドから一歩進んだ程度の相手と軽く唇を合わせただけのものを。

私の男性経験は前世も今世も合わせてそれぐらいしかない。

だからこんなに激しいディープキスは二度生まれても初めての経験だった。

心臓が煩《うるさ》いほど鳴り響く。

こめかみがズキズキする。

初めてではあるけれど、知識だけはあるから自分からも唇を開いて彼の舌を深く受け入

れる。

自分も、舌を動かしてみた。

唾液の中で絡み合う肉塊は熱くて、官能的で、味わうようにキスを続けた。

「あ……」

ようやく彼が離れてくれた時には、まるで酔ったみたいに頭がクラクラしてしまった。

「愛していると言ってくれないのか？」

「え？」

「気持ちはわかったが、私も言われたい」

いや、それはハードル高いわ。元日本人としては簡単に愛してるとか恥ずかしくて言えないわよ。

「セレスティア」

せがむようにまたキスされる。

「好き……、よ」

「『好き』？」

顔が熱い。絶対、真っ赤になってるはずなんだから、それで察してよ。

「あなた毒が回ってるんじゃなかったの？」

「もう抜けた。献身的な婚約者のお陰で」

「都合のいい毒だわ」

「今は別の毒が回ってる」

「え？　大丈夫なの？　こんなことしてないで休んで」

「……お前は本当に純粋だな。恋という毒が回ってるだけだ」

「……バカッ！　本気で心配したでしょう！」

怒って頭突きをしようとすると、キスで押さえ込まれた。

「ンン……ッ」

もっと文句が言いたくて彼の胸を拳で叩《たた》く。

唇を塞いで言葉を奪うなんて下世話よ。キスはそういうものじゃないでしょう。

「悪かった。だが愛していると言ってくれないお前が悪い」

「私が悪いの？」

「そうだ。こんなに私を惑わしているお前が悪い。女なんて飾りのようなもの、結婚は仕方なくするものだと思っていた私を籠絡した。すっかりセレスティアという毒が回って理性が消えそうだ」

「理性って……」

「早く言わないと、我慢ができなくなるぞ」

布団の中で彼の手が私の身体を撫《な》でた。

「や……っ！」

薄いナイトドレスの布地ごしに手の感触。

ああ、しまった。ナイトドレスだから下着を着けていなかった。

彼の手もそれを知ったのだろう、やわやわと脇腹から胸へと移動を始める。

「ちょっ……、だめ……」

「早く言え」

胸の膨らみを包むようにすっぽりと手が覆う。

微妙に動く指にゾクリと鳥肌が立った。

「エルセード……」

首筋に唇が這う。

全身が粟立《あわだ》ち、しびれるような疼《うず》きを覚える。

快感だわ。触れられて、気持ちがいいと感じている。鳥肌が立つほど、彼に触れられることが気持ちいい。

でもこのまま流されちゃだめ。私達は結婚前なのよ。

「お願い、待って……」

「待てないな」

指先が堅くなり始めた胸の先をピンと弾いた。

「言ってくれないなら言わせるだけだ」

「わかった……、言うから。言うから待って」

懇願すると、手が止まる。

簡単よ、たった五文字を口にするだけじゃない。『アイシテル』って言えばいいのよ。

たったそれだけなのに、言葉が出ない。

仕方ないじゃない、男の人に愛してるなんて言ったことがないのだもの。

「あ……」

「『あ』？」

エルセードを愛してる？

いや、待って。この人がいないと寂しい。側にいたいと思ったのはつい今日なのよ？

好きなら言えるわ。だって好きだもの。顔だって好みだし、命の恩人だし、素敵な人だとは思ってたし、彼といるのは楽しいし……。

でもベッドの中で『愛してる』って言うのは『好き』とは全然違うわ。

「遅い」

まごまごしている間に手が再び動き出してしまった。

「エルセード！」

今度はさっきより強く胸を摑まれる。

「だめ、だめ、だめ！　結婚前にこんなこと」

「婚約はしてるだろう？」

「婚約中にはこんなことはしません」

「互いの気持ちがはっきりしていれば問題はないだろう？」

そうなの？　この世界の倫理観、いえこの国の倫理観ってそういうものなの？

「もし子供ができたら結婚の時期を早めればいいだけだ」

「こど……！」

子供って、そういうコトしないとできないわよね。子供ができたらってことはそういうコトをするって……。

「無理！」

「どうして？　ああ、初めてだからか？　マルクスとはキスもしていないんだから、身体に触れさせたこともないんだろう？」

「当たり前ですっ！」

「それはよかった」

何で満面の笑みなのよ。

……あれか、男性憧れの処女神話か。

処女……。

「もういい。言葉よりお前をもらう」

手が動く。

ナイトドレスの前を開けられる。

「エルセード！」

動く手を捕らえて制止しようとしたけれど、私の力で止まるわけがなかった。最初に私の腕を握った時の弱々しさはどうしたのよ。お芝居だったの？　本当に毒が抜けていつものエルセードに戻ったの？

いつものエルセードに戻ったら、私が適《かな》うわけないいじゃない。

「私を嫌いじゃないんだろう？」

「嫌いじゃないわ」

「結婚するんだろう？」

「……う」

返事をためらってる間に襟元から中へ手が入り込んだ。

「や……」

剣を握る彼の堅い皮膚が直に触れる。

男の人に触れられてる。

エルセードが私の胸に触れている。

愛してるって言わなければこの先もされてしまうの？　……してもらえるの？

だめだめ、そんなこと考えちゃ。

でも『初めて』を好きな人に求められてするなんて、女として最高の『初めて』なのでは……？

余計なことを考えている間に指が私の胸の先を摘まんだ。

「ひぁ……」

摘ままれた場所から甘い疼きが全身に広がる。

初めての感覚。

ではないわね。前世、少しだけはあった女性としての欲が刺激される感覚だわ。でもあの時はただウズヴスするな、と思っただけだった。

でも今は違う。

疼きを感じるところに彼の手が刺激を与えてくれる。

本当の貴族令嬢だったらこんなはしたないことは考えないはず。……妹のリンリーナだったら快楽に溺れるのかもしれないけど。

でもこのままじゃ私もあの子のことは言えないわ。

「エルセード……」

無駄と知りつつ彼の手を握る。

この快感に流されちゃダメ。今止めないと。これ以上触れられたら、絶対飲まれてしまうわ。

……だって、気持ちいいのだもの。

「……愛してるわ」

よかった、手が止まった。

「愛してるわ」

もう一度繰り返すと、エルセードはじっと私を見つめた。

「私もだ」

優しい口づけ。

……よかった、流されずに済んだ。

と、思ったのは一瞬だった。

「エルセード！」

手が再び動き出す。

しかも躊躇《ちゅうちょ》もなく。

「愛してるって言ったのに……」

「ああ、これで相思相愛。愛し合う者の睦《むつ》みあいだ」

ハメられた。

「困惑した顔も可愛いな」

首筋に咬みつくようなキス。

今までのとは違う。

さっきの深いキスとも違う。

これ、痕がつくんじゃゃ……。

「痕はつけないで！」

結婚前に首にキスマークなんて、淫らだわ。

「……気にするのはそこか。わかった、痕をつけるのは見えないところにしよう」

キスしたところがペロリと舐《な》められる。

その間も手は動いたまま、私の胸を触り続けている。手が動いている間は愛撫《あいぶ》を受けているということで、身体はどんどん快感に呑み込まれてゆく。

彼の手が触れることを甘いと感じてしまう。

ダメだと思うのに、もっと触れてという感情が生まれてしまう。

ブレーキになるはずの倫理観や理性が消えてしまいそう。反対に結婚前なのにこんなことをしてしまうという背徳感が快楽にスパイスを与えてしまう。

いけない、と思うのに彼の指先が生み出す甘美な感覚が愛《いと》しい。

「あ……」

形をなぞるように肌の上をさまよっていた手が、だんだんと握ったり揉《も》んだりと刺激を強くしてくる。

首を舐めていた舌が肩口へ下りてくる。

感じることのない場所に感じる舌の柔らかく濡れた感触。

ぬるりとしたその感触を、どうして気持ちいいと思ってしまうのか。

手は胸を、乳房を弄びナイトドレスの前をどんどんと開いてゆく。

キスで始まった口の愛撫は、首に下がると舐めることに移行し、更に下へ向かうとまた違う行為へと移行した。

「あ……、だめ……」

さっきまで指が弄《いじ》っていた胸の先を咥《くわ》えた。

「んん……っ」

堅い指と違う　柔らかいけれど芯のある感触。唇が歯を包んでいるから？　その唇が敏感な部分を傷つけないように何度も挟み込む。

咥えられて口の中に含まれた先を舌が嬲《なぶ》る。

がっしりと肉を摑まれた時よりも、微《かす》かに与えられる刺激の方に反応してしまう。

敏感な部分だから、僅かな刺激でも感じてしまうのだわ。

まるで皿に盛られた料理を味わうように、彼の舌が端から私を貪ってゆく。

上から順に彼の舌が、何かの違いを玩味するように。

ゆっくりと、丁寧に。

「あ……」

溺れてゆく。

身体が解けてゆく。

神経が感覚に乗っ取られるとでもいうのか、痛覚や触覚ではなく蕩《とろ》けるような疼きが内側から表へ出ようとする感覚が身体を支配する。

そしてその感覚に耽溺《たんでき》してゆく。

私って、こんなに快楽に弱かったの？

それとも、彼に求められることがそれほど嬉しかったの？

肌に繰り返されるキス。

唇が触れたところから快感が花開き、全身を包む。

むせ返るような快楽の花に包まれて、愛撫を受けることに悦《よろこ》びを覚える。

初めて感じるその悦びは、何もかもを溶かしてゆく。

唯一の明かりを提供していた枕元のランプが、ジジッと音を立てて揺らめき、部屋が暗闇に落ちてゆく。

エルセードの姿が曖昧になり、感覚だけが私を包むと、急に怖くなってきた。

私が溺れているのは快感？　愛する人に求められている行為？

視覚が奪われた時に自分はこの快楽だけに沈んでしまうのではないかしら？　はっきりと言えば、『抱かれる快感』だけに溺れるのではないかしら？　初めてだから、気持ちいいことを受け入れているだけに終わらない？

胸を唇に譲った手が、下半身へと伸びる。

腹から下腹へ、そして内股へ。

「だめ……」

指が足を撫でた時、私はなけなしの理性で拒んだ。

「何が？」

「そこは……」

内股から秘部へ上ってゆく指に期待と恐怖が渦巻く。

触れられたら最後まで許してしまいそうで。

「結婚するのだろう？」

「するわ」

酩酊《めいてい》状態だったから、さっきよりも素直にそれを認めることができた。

もう理性も飛んでいるのかも。

「じゃあ……」

「だから、流されるようにしたくないの……」

「流されているわけじゃない」

不満そうに言う彼に首を横に振った。

「あなたじゃなくて私が、よ……。触れられて、気持ちよくて、何も考えられないの。行為に酔ってるだけみたいで……、怖い」

「あなたと……、したい。することだけに捕らわれてしまいそうなのが怖い。して欲しいのに、初めて触れられたからじゃなくて、あなたとしたい」

このままじゃ、ただ気持ちいいことだけをするみたいで後ろめたい。

それは結婚前にしてしまうという罪悪感よりやましい気持ちにさせてしまう。そんな気持ちで彼に抱かれたくない。

全てを渡すなら、その喜びを感じたい。

「気持ちはいいのに怖いのか？」

「気持ちがいいから怖いの……。ランプが消えてあなたの姿が完全に見えなくなった時に、私はあなたを認識できなくなったら、この気持ちよさだけを味わう淫らな女になってしまいそうで……。そんなの嫌」

「明かりを持って……」

言いかけて言葉が止まる。

そうよね、明かりを持ってこさせるということは彼がここにいることを知られるということだもの。

「ここまできて我慢を、と？」

そうよね、男性には辛いことよね。

私だってこのまま身を任せてしまいたいと思ってるもの。

「……今夜は、私も高揚して先走ってることは認めよう」

彼は身体を離すとそっと抱き締めた。

「誰を抱いてるのかわからないのは、私も嫌だしな」

「……エルセード」

「だが、次にその気になった時には我慢はできないと宣言しておくぞ。それと、これからは唇にもキスを許してもらうからな」

「……うん」

性欲を前に留まってくれる優しさに涙が出そうで、私は自分から彼に抱き着いた。

「ありがとう」

「バカ、それは逆効果だ」

バカと言いながらも、彼は優しく抱き返してくれるとキスをくれた。

それからナイトドレスの前を少し乱暴に閉じて、覆いかぶさっていた身体を横に移し背中から抱き締めてくれた。

「婚約は発表してるんだ。すぐに結婚するからな」

「……うん」

「部屋の繋ぎの扉も開けるぞ」

「うん」

「人前でも遠慮はしないからな」

「うん」

「あの契約書はもう無効だ」

「うん」

次々と吐き出される彼の要求に、私は肯定を繰り返した。

この人が好き。

好きになってよかった。

やがてランプの油が切れて暗闇に包まれても、背中に彼を感じていた。

「愛してるわ、エルセード」

伝わる熱に自然に出た言葉。

「だからそれは逆効果だ」

不満げに言う声も、耳に当たる唇も、ただ、ただ嬉しかった。

愛されているのだと強く感じられて……。


翌朝、彼は私が目覚める前に自分の部屋へ戻っていった。

私はいつものように身支度を整え、朝食の席へ向かった。

先に食堂に入ったのは私で、後から来たエルセードは私の後ろを通りながら首筋にキスをした。

ちょっと驚いたけれど、私はそれを受け入れた。

「今日も綺麗だな」

「ありがとう。あなたもとても素敵よ」

「当たり前だ」

昨日までは単なる言葉のやりとりだったのに、どうしてだかそれだけの会話でさえ甘く感じる。

「結婚式についてだが、待つ理由が一つもないのだから早急に進めるぞ」

決定だ、と強く言う彼に一呼吸おいてから笑って答えた。

「……嬉しいわ」

もう迷いはない。

私はこれからこの人と人生を歩んでいこう。

まだ色々と問題は多いだろうけれど、きっと彼と一緒なら大丈夫。

私だって、伊達《だて》に競争厳しい現代を生き抜いてきたキャリアウーマンじゃないわ。彼の役に立って乗り越えてみせる。

「いい返事だ。食事が終わったら部屋へ行こう。式のこともそうだが、お前が提出した上申書についても話をしよう。面白い考えが色々あったからな」

「自分の仕事が認められるのは嬉しいわ。どんどんこき使ってね」

「言われなくても目一杯働いてもらうさ。私の相手をする時間も含めて暇な時間など作らせない」

「望むところだわ」

もちろん、仕事ではなくあなたと過ごせる時間も含めてね。

マルクスとの婚約破棄からどうなるかと思ったけれど、あの時にエルセードの手を取ったのは運命だったと思える。

そしてそれはよい選択だったのだと。

食事の後、彼の部屋へ向かうと彼は大臣達を呼んですぐに結婚式の用意をするようにと命じた。

何人かは不満だったようだが、私の作った書類に目を通すと態度を軟化させた。

本当に私が作ったものかと疑う人もいたけれど、幾つかの質問に澱《よど》みなく答える様を見て納得せざるを得なかったようだ。

「陛下は聡明《そうめい》な女性をお選びになったようですな」

という言葉ももらった。

それでもまだ不満を滲ませていた人間がいることが気にかかったけれど、政治的な問題は私が首を突っ込むことではない。

後はエルセードに任せた方がいいだろう。

敵対者を見つけるいい炙《あぶ》り出《だ》しになったと思ってるかも。

それからは彼が言ったように忙しい日々が始まった。

本当の皇妃になるために、私は積極的に社交に努めたし、エルセードの要請で会議にも時々オブザーバーとして出席した。

まだ婚約者止まりなので、発言は彼が求めてきた時だけ。けれど部屋に戻ってから彼に意見を求められ話し合いもした。

慌ただしいほど物事が進み、私は幸福な未来だけを見ていればよかった。

ロクセリア侯爵やグリニード、サリーダの問題がまだ残っているけれど、それも二人ならば乗り越えていけるだろう。

……けれど、それは安易な考えだった。

問題というのは、いつも想定外に起こるのだった。

「は？　今何て？」

いつものように彼の部屋で午後のお茶をいただきながら二人で結婚式の細かい調整を離していている時、サイモンドが持ってきた手紙に目を通した彼がものすごく嫌そうな顔で放った一言を思わず聞き返してしまった。

「マイーラ王国皇太子マルクスが、私の結婚の祝いをするために婚約者のリンリーナ嬢を連れて来訪するそうだ」

一瞬頭がついていかなかった。

私を追い出したマルクスが、私を憎んでる妹のリンリーナを連れてお祝い？

それってどんな冗談？

「我が帝国はマイーラより力がある。皇帝の結婚に対して祝いを述べたいというのはあり得ることだ」

「でも今更？」

「お前の実家のキッシェン侯爵家に結婚承諾書を書かせるために使いを出した。それで本当に私達が結婚するのだと知ったのだろう」

そうか、この世界では結婚はまだ家の繋がり、結婚には親の承諾が必要なのだ。

「まあお前を通して我が国との繋がりを深めるために媚《こ》びを売りにくるんだろう」

エルセードは気楽に言うけれど、本当かしら？

マルクスはいい。ちょっとおバカなところもあるし、彼の言う通り媚びを売りにくるのか、私が逆恨みして帝国の力を利用して何かしでかさないように根回しにくる程度しか考えていないだろう。

でもリンリーナは？

幼少期からイジメを繰り返し、人の婚約者を奪い、幸せになんかさせないと言い放つような娘が、お祝い？

……これはもう私の結婚の邪魔をしに来るとしか思えないじゃない。

「いつ来るのですか？」

「到着は三日後だな」

三日後……。

三日経ったら、またあの顔を見なければならないのか。

私が困惑しているのに気づいて、彼が私の隣に座り直して肩を抱いてくれる。

「嫌な気分になるのはわかる。だがここは私の国だ。あいつらの好きにはさせない。というか、何かしたらキッチリ締めてやるいい理由になる。マルクスを廃太子にするとかな」

「他国なのにそんなことできるの？」

「できるさ。父親の国王にちょっと脅しをかければいいだけだ。我が国と友好関係を続けたいならあのバカを何とかしろ、とな」

なるほど、それなら陛下はエルセードの言葉を聞き入れるだろう。マルクスには弟がいるし、従兄弟もいる。つまり、王位を継がせる者は他にいる。

強国との友好関係継続のためには王太子を入れ替えるくらい何でもないことだ。

にしても、外遊に連れて歩くなんて、リンリーナはマルクスと正式に婚約したのね。

ということは、このままいけば将来はあの娘が王妃。国の付き合いとして顔を合わせる機会もあるかもしれない。

その時、私の立場の方が上だったら、絶対に許せないはずだ。

「元婚約者が気になるか？」

「存在すら忘れかけてたわ。でもリンリーナのことが心配」

「あの性悪な妹か」

婚約破棄の席でのあの娘の言動を知ってるから、彼は『性悪』と言ってのけた。

「国の立場を考えないほどのバカか？」

「自分の立場が悪くなるようなことはしないと思うわ。常に優位にいたい娘だし。でも、それと同じくらい私の不幸を望んでるでしょうね」

「気になるなら、連中の滞在中に護衛騎士を付けるか？」

「人に付きまとわれる生活には慣れていないの」

「護衛を付きまとわれるとは酷い言い草だな。では気づかれないような者を付けよう。気づいて嫌だと思ったら止めてやる」

それって隠密《おんみつ》みたいなもの？

「それも嫌なら、私の側から離れなければいい」

チュッと音を立てて耳にキスされる。

されてもいいけど、まだ恥ずかしくて顔が熱くなる。

私が照れるのがわかっていてやってるから、彼はにやにやと笑っていた。

「いつまでも初々しくていいな」

「からかわないで」

「からかってなどいない。愛してるだけだ」

……やっと愛してると口に出せるようにはなったけれど、このあけすけな攻撃には慣れる気がしない。本気で言ってるところが余計に気恥ずかしい。

「もうわかったから、いいわ。とにかく、二人には注意しておかないと」

「セレスティアはもうただの侯爵令嬢じゃない。皇帝の婚約者、未来の皇妃だ。何かするとは思えないがな。バカでなければ媚びるために来ると考えるべきだが？」

リンリーナはバカではない。

でもおバカではある。

つまり、考えナシではないけれど、自分の目的のためにはものが見えなくなる可能性がある。

でもそうね。まさか国を巻き込むほどの意地悪をするほどバカではないわよね？

「私が付いている。それでも不安か？」

「いいえ。エルセードがいてくれるなら不安はないわ。……でも用心はしておくわ」

「まあそれはいいだろう。未だ国内に不穏分子もいることだしな」

それもあるわね。

「でも、今のところそっちもおとなしいわ」

学校や上下水道の整備や病院システムなどの提案で議会が私に一目置くようになってくれたので、ロクセリア侯爵もおとなしいし、エルセードが隣にいる限りグリニードは寄って来ない。

結婚式の日取りが発表され、国民に公示されてからはサリーダもロクセリア侯爵家に引っ込んであまり城に顔を見せなくなっている。

エルセードを諦めて他の有力な後ろ盾を探しているのだといいのだけれど。

「もうお前の立場は盤石だ。あまり気に掛けるな。それより式とドレスのことでも考えていろ。その夜のこともな」

「……ばか」

笑って腰にあるエルセードの手に手を重ねながらも、不安の影は胸の奥から消えることはなかった。

姉の婚約者を躊躇なく奪う。相手が王族であるにもかかわらず騙《だま》して籠絡する。そんなリンリーナが何の目的もなく私を訪れるだろうか？

それに、物語テンプレとしてもここは一発何かを仕掛けてくるのではないだろうか？

マルクスより立場が上で、私の婚約者で、イケメンなエルセード……。

「どうした？」

私が見ていることに気づいて、彼が頰にキスをくれる。

「リンリーナに誘惑されないでね？」

「あり得ないことを心配するな」

「でも媚薬を盛られたりとか……」

「お前の妹はそこまでするのか？　だとしても、一度薬では懲りている。万が一媚薬を盛られたら真っすぐお前のところに行こう。それに、皇帝にいかなるものであろうとも薬を盛ったなら我が国では極刑に値する。上手く始末がつけられるぞ」

「相手がどんな悪人でも、死ぬのは見たくないわ。せめて幽閉ぐらいにして。……まあ、マルクスの婚約者として来るのだからそこまではないと思うけど」

そう言いながらも、やはり心の片隅では疑わずにはいられなかった。

あの娘は何か企んでいるだろう、と。


正しい来訪だった。

列を連ねた馬車にはマイーラ王国の王家の紋が描かれ、随行する騎士や兵士の数も多からず少なからず。

帝国の方が大国で立場が上なので、エルセードも私も迎えには出なかったが、大臣達がマルクスを迎えた。

続く謁見の間での挨拶には、上座にエルセードと私、下座にマルクスとリンリーナが座り、言葉を交わす。

その時のマルクスの挨拶も礼儀正しく、リンリーナもおとなしく彼の隣に控えていた。

相変わらず人形のように可愛らしいリンリーナ。けれど私に向けられる視線に親愛の情があるようには見えない。

なのに彼女は言った。

「お姉様が突然外国に行ってしまってとても寂しかったですわ」

せいせいした、の間違いでしょうと言いたいのをグッと我慢する。

「私がマルクスと婚約したから、傷心のままだと思って心配しておりましたの」

いや、私はあの場で喜んで受け入れたし、今は他の人と婚約中よ。傷心のわけがないし、その婚約者を前に傷心と言ってしまうところに悪意があるわ。

「何のことを言っているのかわからないけれど、私は今エルセード様との結婚を前に幸せですわ。どうぞ過去のことは何も気にしないで」

煽《あお》る言葉になってしまうかもしれないけれど、ここは幸せアピールをしておかないと。

私はマルクスではなくエルセードを選んだ、ということを明確にするために。

「私、滞在中はお姉様と同じお部屋で過ごしたいわ」

「ごめんなさいね。私は既に皇妃の部屋を賜っているので、他の部屋を使用することはできないの」

「それならせめて二人きりでお話しする時間を作ってくださいな。お話しすることが沢山あるんですの。そうそう、私達の結婚式にも出席していただきたいわ」

あなたと話すことなんてないのだけれどね。

「ええ、もちろんよ」

でも国賓として来訪しているマルクスの婚約者を邪険にはできないから、そう答えるしかない。

会話はつつがなく進み、マルクスとリンリーナは私達の私室から離れた場所にある部屋へと案内された。そこからの庭の眺めがよいからとのことだけれど、私の身の安全を考えて、だ。

「よくあんな白々しい芝居ができるな」

二人が出て行くと、エルセードが呆《あき》れたように呟いた。

「あれが彼女の標準装備よ」

「マルクスの方は、私とお前のことが気になってる様子だったな。皇帝の婚約者を愚弄して婚約解消したのだから、ご機嫌を損ねたのではないかと不安なのだろう」

「あら、彼が婚約を解消してくれたから私はあなたと出会えたのですもの。彼には感謝しないと。あなたからもそう言ってあげれば安心するのじゃなくて？」

「あれに礼は言いたくないが、確かにそうだな。『見る目がなくてありがとう』ぐらい言ってやるか」

「厭味ね」

「厭味だ」

エルセードは私を信じてくれている。マルクスを前にしても心は揺らがないと。私もまた彼を信じている。リンリーナに惹《ひ》かれることはないだろうと。

けれど、リンリーナが何かを企んでいるのではということを含めて、漠然とした不安が残る。

けれど、その後も問題は起きなかった。

早速リンリーナは私を部屋に呼び、話をした。

扉の外には護衛がいるし、メイドの出入りもあるけれど、扉を閉じてしまえば二人きり。

でも、彼女は特に何もアクションを起こさなかった。

「お姉様が国を出て、私はマルクス様に嫁ぐでしょう？　だからキッシェン侯爵家は従兄弟のグエンに継がせることになったの。グエンはまだ五歳だから、お母様が引き取って育てることになるわ」

家のことなど考えていなかったが、娘二人が嫁にいけば跡継ぎがいなくなるわね。

「私の結婚式はたっぷりと準備期間をとって盛大にしていただくの。私が唯一のマルクスの妻だと知らしめるために。お姉様は随分と急いでお式をなさるのね。何か不都合なことでもあるのかしら？」

ちょいちょい失礼なことは言ったけれど。

「皇帝って、沢山人を殺したのですってね。とても恐ろしい人でも、もうここから逃げることもできなくて可哀想。もし我が国に戻ってきたら、二度も貴人から婚約解消された令嬢なんて、修道院に行くしかないものね」

厭味を言うためだけに来たのなら、甘んじて受けよう。厭味程度で終わるなら大歓迎。

私が本当に皇帝と結婚すると知って、マルクスが逆恨みされたくないからと媚を売りにきたのに付いてきただけかしら？

マルクスが私とヨリを戻したがるのを心配したとか？

「私、お姉様にお祝いの品を持ってきたのよ。マルクスから皇帝陛下にお渡しするそうだから、どうぞ受け取って」

それとも彼女も私に媚びにきた？　私を憎む気持ちはあっても帝国の皇妃と敵対はできないから、と。

贈り物に何かを仕掛けることも考え難い。マルクスから皇帝に渡すものに何か仕掛けたら国と国との争いになるもの。もちろん、何も調べずに私の手元にくるとも思っていないだろう。

「リンリーナ、単刀直入に訊くわ。あなたまさかエルセード様を狙っているわけじゃないわよね？」

私が尋ねると、彼女は笑った。

「私は人殺しの妻になんかなりたくないわ。言ったでしょう、私はマルクスの妻になるの。変な心配はなさらないで。お姉様は皇帝陛下に愛されている自信がないのね」

これは本当っぽい。リンリーナはエルセードに興味はないようだ。

杞憂《きゆう》だったかしら？

過去が過去だから警戒し過ぎたのかも。性格の悪さは変わらないけど、せっかく手に入れた未来の王妃の座を失うような愚かさはないということね。

「ごめんなさい。エルセードは大切な人だから少し心配になっただけ。ほら、あなたはとても魅力的だから」

褒めたつもりだったのだけれど、その瞬間リンリーナの顔に怒りが過った。

「リンリーナ？」

「そうね。私はマルクスに選ばれたのだもの。マルクスは『私』を選んでくれた、魅力的だと言ってくれたわ。私も彼を愛してるの」

意外ね、リンリーナが本気でマルクスを愛してると言うなんて。てっきり私への当てつけと彼の身分だけが目当てだと思っていたのに。

というか、やっぱりこちらの世界の人は簡単に『愛してる』って言えるのね。

「明日は歓迎のパーティを開いてくださるのでしょう？　とても楽しみだわ。私は素敵なドレスを仕立てていただいたの。お姉様はお葬式のようなドレス？」

「婚約者の髪色のドレスと言って」

「私のは淡いピンクに金の刺繍《ししゅう》を入れたのよ。マルクスの髪は美しい金だから、金糸の刺繍を入れれば何色のドレスでも着られるもの」

相変わらず派手好きなのね。

「きっと忘れられない夜になるでしょうね。明日が待ち遠しいわ」

心はパーティに飛んでしまったのか、さっき過った怒りの色は消え、彼女は夢見るような目をしていた。

まるで願いが叶《かな》うかのような。

その後も話題は時折厭味が混じるものの他愛《たあい》のないもので、二時間ほどで私は解放された。

続く夕食も正式な晩餐《ばんさん》で、リンリーナはおとなしく、マルクスは私など眼中にないかのようにエルセードに話しかけていた。

正しい来訪だわ。

隣国の王太子と婚約者らしい。

けれどやはり、何かが引っ掛かっていた。

何かが……。


翌日、私は朝からメイド達にピカピカに磨かれていた。

時間を掛けた甲斐があって、メイド達は私に協力的になってきたし、どうやらリンリーナに付いたメイド達から彼女の使用人に対する態度の悪さが伝わり、我が国の皇妃があんな女に負けてたまるかと奮起してくれたらしい。

今日のドレスはブルー。

エルセードの瞳の色だ。

黒も着てあげたかったけれど、流石《さすが》に来賓を迎えるのには相応しくないだろうと、黒は髪飾りの黒真珠として使った。

前世では真珠は養殖ができたからさほど高価とは思わなかったけれど、ここでは天然モノしかなく、真円の黒真実はとても高価らしい。

私の髪が銀だから、黒真珠はとても綺麗に映えた。

「お美しいですわ、セレスティア様」

やり遂げた感を漂わせたメイド達に送り出されてエルセードの待つ控室へ向かう。

「海の妖精のようだ」

という褒め言葉とともに贈られる軽いキス。

エルセードの礼服は私の髪の色を映した白と銀でズボンが黒。

「あなたは銀の月の化身ね」

褒め返して彼の腕を取る。

「昨日の妹とのお茶はまああ和やかだったようだな」

「メイド達に聞いたのね。ええ、そう。拍子抜けするくらいだったわ。このまま終わればいいのだけれど」

「まあパーティの間は問題も起こさないだろう。ゆっくり楽しもう」

「そうね」

今日は隣国の王太子が来ているとあって国内の有力貴族達は皆出席していた。

帝国のパーティは国力に相応しい豪華さだが、今日はいつも以上と言っていいだろう。他国の王族に我が国の豊かさを見せつけるためだ。

「エルセード皇帝陛下、キッシェン侯爵令嬢セレスティア様」

響く声に促されるように大広間へ足を踏み入れる。

いつものように、エルセードは玉座、私はその隣に腰を下ろす。皇弟グリニードはエルセードの傍ら、少し離れたところに立つ。

「マイーラ王国王太子マルクス様、キッシェン侯爵令嬢リンリーナ様」

名を呼ばれ、マルクスがリンリーナを伴って私達の前に歩み出た。

赤い髪にダイヤとルビーの髪飾り、淡いピンクのドレスには金糸の刺繍。王太子の婚約者としては派手過ぎるけれど、リンリーナにはよく似合っていた。

「よくこられた、貴殿の来訪を歓迎しよう、マルクス殿」

エルセードの言葉に返すようにマルクスが頭を下げる。

「このような歓迎の宴で迎えてくださったことに感謝し、皇帝陛下のご婚約を祝福させていただきます」

　これは皇帝と王太子の会話なので、私もリンリーナも無言だ。

「では、ゆるりと楽しまれよ」

　その言葉と共に音楽が鳴り響き、場の緊張が解ける。

　私がマルクスに婚約を破棄されたことは、あの忌ま忌ましいサリーダのせいで知られていた。だから何か不具合が起きるのではないかと心配した者も多いだろう。

　けれど意に反して和やかにパーティが開かれたので、安堵《あんど》しているようだ。

「踊ろうか」

　エルセードに手を引かれフロアに出る。

　一方では、マルクスがリンリーナの手を取って踊っていた。

「派手な女だな。品がない」

「赤い髪だからどうしてもああなってしまうのよ」

　リンリーナのことだとわかるから、一応はフォローした。

　取り敢えず、自分の生まれた国の未来の王妃様だものね。

「あの男と好みが違っていてよかった。私はセレスティアのように美しく品があり、強い女が好きだ」

「私も、王子様然とした綺麗なだけの男性より、野性味のある人の方が好きよ」

「私のことだな」

彼がにやりと笑う。

「野蛮と言われなくてよかった」

「そんなことは言いません。ちょっと強引過ぎるところがあるのは認めますけれど、思慮深い方だと知っていますもの」

「婚約者に褒められるのは悪くないな」

ダンスが終わると、不本意ながら親善のためにマルクスとパートナーを替えて二曲目を踊る。

マルクスとダンスをするのは本当に久し振りだった。

「元気そうだな、セレスティア」

「私の名前を呼び捨てにしないでください。私はハルドラ帝国皇帝の婚約者ですのよ」

「う……。ああ、失礼、セレスティア殿」

不満げではあるけれど、マルクスは謝罪した。

「まさかと思うが、皇帝陛下に私の悪口など吹き込んでいないだろうな?」

「何故私がそのようなことを?　一方的に婚約破棄をしたことは悪かったと思ってらっしゃるの?」

「あれは君がリンリーナを虐げたから……!　いや、もういい。とにかく、国家間の問題になるような愚かな真似《まね》をするんじゃないぞ」

「私は婚約破棄を素直に受け入れたでしょう？　恨んでも怒っても、ましてや悲しんでもいないわ。だから安心して。私はあなたのことも国のことも忘れてエルセードと幸せにやっていきますので」

「陛下を呼び捨てにするなど、君は本当に礼儀を知らない女だな。君と結婚しようとする陛下の気持ちがわからん」

……この人はよく言えば基本善人、悪く言えばちょっと足りないのかも。

すっかりリンリーナに転がされているのね。マイーラの将来が心配だわ。

もう私には関係ないけれど。

マルクスとのダンスも終え、礼をして離れる。

エルセードの方を見ると、彼もダンスを終えてリンリーナから離れたところだった。

マルクスは私を置いてさっさとエルセードの元へ向かった。

リンリーナを迎えに行ったのかと思ったけれど、ここはちゃんと王太子としての務めを果たすらしく、エルセードに声を掛けていた。

わざわざ帝国まで来たのは私を祝福に来たのじゃない、皇帝を祝福に来たのだ。

そして皇帝に気に入られてマイーラに貢献し、父親である陛下のご機嫌を取りたいのだろう。

何せ、陛下が決めた婚約を不在の間に破棄し、結果としてみすみす帝国に奪われてしまったのだから。

「お姉様」

ぼんやりとエルセード達を眺めていると、背後からリンリーナに呼ばれた。

「何かご用？」

「少し話があるの。一緒に来てくださらない？」

「話って……、昨日お茶をしながら話をしたでしょう？」

「あれは文字通り茶飲み話よ。もっと大切なお話があるの」

リンリーナは手にしていた扇で口元を隠すと、耳元で囁いた。

「帝国の将来にかかわることよ。お姉様だからお教えするの」

「帝国の将来？」

彼女はコクリと頷いた。

リンリーナが帝国の将来をどうこうする情報を知っている？　怪しいわね。

「それはどんな情報なの？」

「ここでは言えないわ」

「では別に時間を作って……」

「今夜聞かなければ手遅れになるかもしれなくてよ。私はいいけど」

まだ私が躊躇っていると、もう一度リンリーナは顔を寄せて一言だけ囁いた。

「セドの残党」

思わず、顔が引きつる。

この娘が何故その言葉を知っているの？　私でさえ、エルセードから聞くまで知らなかったのに。

知っているというだけで、彼女の話の信憑性《しんぴょうせい》が上がった。

「私と二人きりになるのが怖いのでしょう、お姉様。それなら大広間から出ないで話をしましょう。バルコニーなら人に聞かれることはないわ」

大広間から出なければ……。

「わかったわ。話を聞きましょう」

セドの残党はエルセードの命を脅かす者達だ。

彼を守るためにはどんな情報でも耳に入れておいた方がいい。

セドの残党は身を潜めているから手に入る情報が乏しい。

たとえくだらない話だったとしても、リンリーナの耳にその単語が入った経路がわかれば、そこから何かがわかるかもしれない。

「じゃあ行きましょう、お姉様」

赤い唇でリンリーナが笑う。

怪しさ満載だけど、広間の中だもの。

私は一度だけエルセードを見た。

まだマルクスと話をしている。

周囲には他の貴族達もいるから、ここからでは声がけも無理ね。

「早くいらして」

先に立って歩くリンリーナを追って私は人々の群れから離れた。

より人のいない、広間の奥の方へ。

途中何人かの女性が近付いてきたけれど、リンリーナは自分のドレスを自慢はしながらも、「姉妹二人で話をしたいのでご遠慮願えます？」と長い会話や付いて来ることは断っていた。

皇帝の婚約者と他国の王太子の婚約者。

私達を無理に止めることのできる者などいない。

そうして私達は玉座から一番遠い扉からバルコニーへと出た。

庭には篝火《かがりび》が幾つか置かれていたが、明るい大広間から来るとかなりの暗闇だった。

「私ね、あなたが大嫌いだった」

突然、リンリーナは庭の方に顔を向けながら語り出した。

「だって、あなたがいると私が一番になれないのだもの」

「リンリーナ？」

「お母様はあなたの母親が現れるより前からお父様に愛されていたの。お父様の一番はお母様だった。なのにあなたの母親がお母様からお父様を奪った。お母様はいつも言っていたわ、『私が一番なのに』って」

……いったい、何を語り始めたのだろう。

「でもあなたの母親が死んで、お母様はお父様と結婚することができた。身分が低くても、再婚ならばいいだろうと許されたの。でも家にはあなたがいた。憎い女の娘が。あなたを見る度、お母様はイライラしてたわ」

「お義母様が私を嫌っていたのは知ってるわ」

私の言葉を無視して言葉を続ける。

「私はあの家に行くまで、いつも一番だった。お父様の一番愛する娘、お母様の一番大切な娘。近隣で一番可愛い娘、屋敷で一番頭のいい子供。他にいたのは召し使いの子供だから当然だけと、とにかくずっと一番だったのよ。でも侯爵家では一番になれなかった」

リンリーナはそこでくるりと振り向いた。

緑の瞳が怒りに燃えていた。

「侯爵家の一番上の娘、実家の権力がある先妻の娘。私は可愛いと言われるけれど、あなたは美しいと言われる。礼儀も教養も私より上。腹立たしいことこの上なかったわ。その上婚約者は王太子様。あんたさえいなければ私が一番なのに！」

癇癪《かんしゃく》を起こしたようにそう叫ぶと、彼女は改めて私を見た。

白い肌に浮かぶ赤い唇がニッと笑う。

「だから苛めたの。お父様の愛情も、お母様の愛情も私の方が上なんだもの、私が一番になれるはずよ。あなたの持ち物より私の方がいい物を手に入れる。ねだっても、奪っても、お父様は怒らなかった。私よりあなたを大切にする召し使いも追い出してくれた。マルクスも、私のものにした。彼は私を一番にしてくれたのよ。王太子の婚約者、未来の王妃。私は国で一番の女性になれたのよ」

笑った顔がまた怒りに捕らわれる。

「なのに、あんたはまた私を追い越していった。みんなの前で婚約破棄をさせて、惨めにして、追い出してやろうとしたのに、帝国の皇帝の婚約者になるなんて、『ズルイ』わ」

子供のころから言われてきた『ズルイ』という言葉。

でもそれは間違いだわ。

リンリーナだって頭はよかったのだから、私より勉強すればよかったのよ。前世の記憶があったって、この世界の知識やダンスは同じスタートだったのだから。

でもあなたは努力が嫌いだった。

両親にねだれば何でも手に入ったから、努力なんて必要なかった。

婚約は私が望んだことではないこともわかっていただろうに。

「リンリーナは王妃になって、国で一番の女性になるのでしょう？　もう不満はないのじゃない？」

「不満に決まってるでしょう！　私はあんたの前で頭を下げなければならないのよ。王妃になっても、帝国には頭を下げなきゃならない。お城だって帝国の方が大きい、ドレスも宝石も、好きに買ってもらってる。『ズルイ』わ！」

思わずため息が出る。

この娘は全然変わってない。

この国へ来たのはこれが言いたかったからなの？

「文句が言いたくて私をここへ呼んだのなら、後でいくらでも聞いてあげるわ。セドの残党の話が聞きたいのだけれど？」

「後なんてないわ」

またリンリーナが笑う。

「これが最期。だから全部言ってしまいたかったの。何も知らないまま終わるなんて、許せなかったから。あなたがどうして私から敵意を向けられていたのか、ちゃんと教えておきたかったの。ズルイお姉様に」

リンリーナはドレスのスカートは広げた。まるでカーテシーをするかのように。

「素敵なドレスでしょう？　どこかに何かを隠してるようにも見えないわ」

「……何かを隠しているの？」

「いいえ。何も持っていないわ。さっきすれ違った人達にも、ちゃんと『私』は何も持っていません、と見せておいたわ」

さっき声をかけてきた女性達にドレスを自慢していたのはそれがしたかったから？

でも何故？

「何故、って顔をしているわね。それはね、ここでお姉様が剣で切り殺されるからよ」

「……は？」

「二人きりでいた私は疑われるでしょうけれど、凶器の剣を持っていないのだから、殺せるわけがない。だから犯人にはならないの」

「何を言ってるの、リンリーナ」

殺すとか凶器とか、意味がわからないわ。

本人が言ったように、ここには剣などない。ましてや、リンリーナは剣など使ったこともなければ持ったことすらないだろう。

「美しいセレスティアお姉様がここで死ぬと予言してるのよ。私の目の前から消えてくれて、どこかで惨めに生きているだけだったら殺そうだなんて思わなかった。でもズルイお姉様は帝国で皇帝の妃として贅沢三昧《ぜいたくざんまい》でのうのうと生きてゆくなんて知ったら、また私は一番じゃなくなってしまうじゃない。きっといつまでもお姉様は私の邪魔をする。だったら消してしまえばいいと教えられたの」

「……教えられた？」

幽鬼のような不気味な笑み。

「ああ、セドの残党の話が聞きたかったのだわね。教えてあげる。セドの残党はちゃんとした組織を持って活動しているの。この国を乗っ取るために。皇帝の子供にセドの血を入れてから皇帝を殺せば、戦争なんかしなくても全部手に入るでしょう？　でもそのためにはあなたが邪魔なのですって」

それは……、その考えは……。

「しゃべり過ぎだ、リンリーナ」

バルコニーの影から姿を見せたのは、褐色の肌に灰色の髪の女。

サリーダだ。

今日は胸の開いたドレスではなく、ぴったりとした兵士のようなズボン姿に髪をポニーテール状に一つに纏め……、剣を下げていた。

「あらだって死んでしまう人だもの、何を聞いたって誰にも言えないわ」

リンリーナは親しげに彼女に言葉をかけた。

「それもそうだな」

「……あなた達、知り合いだったの？」

私はドレスのスカートをぎゅっと握った。

「セドを再興するために、あちこちに密偵を放っている。マイーラにもな」

私の婚約破棄の状況を誰よりも早く知っていたサリーダ。

「そこでお前の妹がお前を憎んでいることを知って、話を持ちかけたのだ。一緒に邪魔者を排除しようと」

私が帝国で贅沢三昧というのは、サリーダがリンリーナに吹き込んだのだろう。ああ、そういえばリンリーナは私のドレスが葬式のようなと言っていた。

考えてみればこの娘が私の黒いドレスのことを知っているはずがなかったのだ。どうしてすぐに気づかなかったのか。

「私の呼び出しではお前は付いてこない。だが妹にはお前を殺せない。だが妹ならばお前を一人で呼び出すことができるし、私はお前を殺すことができる」

「だから協力することにしたのよ。私は帝国だろうがセドだろうが、どっちだって関係ないもの。私の国だけが安全で、私が一番ならいいの」

最悪。

自己中な女二人が手を組むなんて。

「中へ戻ろうとしても無駄だぞ。お前達がバルコニーへ出てすぐにロクセリア侯爵の侍従が扉の前に立った。武器は持っていないが、お前をバルコニーへ戻すくらいはできる。バルコニーにいれば、私がお前を殺してやる」

リンリーナがどんなに意地悪をしても、人を殺す勇気はないと思っていた。だがこの女ならやるだろう。

「訊いてもいい？　サリーダ、あなた剣の腕前は？」

「セドの王族は剣士でもある。私も上手いぞ。苦しまずに殺してやろう」

「私を殺そうとすると、痛い目にあうわよ」

「妹から聞いている。お前は剣を使ったことないし、ナイフも使えるわけではない」

「その通りね。でも、魔法が使えるの」

私の言葉に二人は身体を揺らして笑った。

「どこの御伽噺《おとぎばなし》だ？　この世に魔法なんてありはしない」

そうなの、残念だったけどこの世界には魔法はなかったの。転生モノに魔法はつきものだと思っていたのに。

「さあ、どうかしら？」

勝負はサリーダが剣を抜く前だ。

「見てみたくない？　戯《ざ》れ言《ごと》か真実か」

「戯れ言に決まってるだろう。さっさと済ませよう。お前を殺したらすぐに部屋に戻ってドレスに着替えなければならないからな。婚約者を失って悲嘆にくれるエルセードを籠絡するという役目もある。殺すのは失敗したが、色香で惑わせることはできるだろう」

「毒入りのお酒を用意したのはあなた？」

「知ってたのか。セドは戦士だから、毒ではなく剣で殺そうと少し弱めの毒にしたのが失敗だったな」

……この女、エルセードが好きなわけではなかったのね。

「お礼を言っておくわ」

「礼？」

「その弱い毒のお陰で色々あったから。でもこれで終わりよ！」

私はスカートの裾を持ち上げると、履いていたハイヒールを下駄《げた》飛ばしのようにサリーダに向かって飛ばした。

「これがお前の言う魔法か？」

彼女が手でそれを払いのけた次の瞬間、今度はここにあるはずのない炎が私の手から彼女に向かって飛んだ。

ハイヒールを笑った彼女が炎に怯《ひる》む。

裸足《はだし》になって動きがよくなった私はサリーダに駆け寄ってその髪に炎を移した。

「な……っ！」

タンパク質の焦げる嫌な匂いが当たりに広がる。

「お前、まさか本当に……！」

慌てて髪を叩いて火を消そうとするが今度は着ている服から火が上がる。

慌てている間にこっちが彼女の剣を抜いて庭へ放り投げた。

剣なんて使ったことがないから、手にしたって邪魔なだけだもの。

カチッと音をさせて、もう一度サリーダの髪に火を点《つ》ける。長い髪だから、先の方だけなら火だるまになることはないだろう。

そして、逃げようとしていたリンリーナの、ふわふわしたドレスのスカートにも火を点けた。

「いやぁ！」

慌ててスカートを叩いて火を消そうとするけれど、ジョーゼットは簡単に燃え上がってしまった。

これが私の魔法。私の武器。

手の中にあるのはこの国に来てすぐにエルセードに作ってもらったコンパクトほどもあるオイルライターだ。

本当はもっと小さくして欲しかったのだけれど、技術的に無理だったらしい。それを私のドレスにだけ付いているポケットの中にずっと忍ばせていたのだ。

エルセードにも言ったけれど、よく使えもしないナイフなんか持っていたって相手に取られたら相手の武器になるだけ。

なので、前世の時は護身用に使い捨てライターをポケットに入れていた。

軽いし、犯罪者に取られても大した武器にはならない。でもこちらから襲ってきた者の髪に火を点ければ逃げる時間が稼げるから。

でもこの世界には使い捨てライターがないから、オイルライターを作ってもらった。

ちなみに今私の手の中にあるのは改良五回目のものだ。

そして最初に飛んだ炎は、ドレスのリボンに火を点けて投げただけ。

「私の髪……」

チリチリに焼けた髪を振り乱し、火を消し終えたサリーダがこちらを睨んだ。

「許せない……！　殺してやる！」

「まだ魔法は使えるのよ」

「そんなちっぽけな炎、たとえ魔法であったとしても怖いものか！」

その時、音を立てて広間に続く扉が開いた。

しまった、彼女達の声に見張りのロクセリア侯爵の侍従が異変に気づいてしまったか。

男性相手では逃げられないかも。何せ私の『魔法』は密着しないと使えないのだから。

「では魔法ではなく剣ならばどうだ？」

振り向くと、そこには仁王立ちのエルセードと、こちらを遠巻きに覗《のぞ》き込《こ》む人々と、短い剣を構えた騎士というよりシーフみたいな姿の男性が見えた。

「エルセード……」

彼が右手を挙げると、ザッと本物の騎士達が駆け込んできた。先頭は彼の護衛騎士、サージェスだ。

「怪我《けが》はないか、セレスティア」

エルセードの言葉に力が抜けて、ヘナヘナとその場に座り込む。

「セレスティア！」

駆け寄り、肩を抱く彼に身を寄せる。

「大丈夫、安心しただけだから……。でもどうしてここに……？」

「気配に気づかない護衛を付けてやると言っただろう？」

彼が顎で短い剣を構えた人物を示した。

あの人が付いていたの？　全然気が付かなかったわ。本当に隠密だわ。

「マルクス！」

思わずしげしげとその人物を眺めていると、リンリーナの声が響いた。

見ると、彼女も騎士達に押さえ込まれている。

「マルクス、助けて！　私はマイーラの王太子の婚約者なのよ！　こんなことをしていい

と思ってるの！」

彼女がどんなに喚《わめ》いても、騎士は手を緩めず、ギャラリーの中にいるマルクスは動かなかった。

呆然《ぼうぜん》とした顔でこの光景を見ているだけだ。

「マルクス殿」

私を支えて立ち上がらせながらエルセードが低い声で彼の名を呼ぶと、やっと正気に戻ったように視線をエルセードに向ける。

「そこの女は貴殿の婚約者か？」

マルクスは答えなかった。

「マルクス様！」

リンリーナが呼ぶと、彼女に目を向けたけれど何も言わない。

「もう一度訊く。私の婚約者を手に掛けようとした女は、貴殿の婚約者か？」

今度は空気がピリピリと震えるような大きな声。

マルクスはリンリーナを見て……、目を逸《そ》らした。

「……違います」

「マルクス！」

「彼女は……、私とは関係のない女性です」

「マルクス！」

悲痛なリンリーナの叫び。

「連れていけ。サリーダもな」

そして二人は既に猿轡《さるぐつわ》もかまされ、後ろ手に縛られていた。

サリーダは大広間を通ることなく、バルコニーから庭へと連行されていった。

「宴は終わりだ。マルクス殿には部屋で待機していただけ」

軟禁しろ、ということだろう。けれどマルクスは異論を唱えなかった。

自分の立場が、リンリーナのしでかしたことが、よくわかっているのだろう。

見上げると、怖いくらい真剣なエルセードの顔。

それがその時私が最後に見たものだった。

不覚にも、力が抜け過ぎてそのまま気を失ってしまったので……。


その夜、私は一度も目覚めなかった。

殺される、と思ったのは余程の緊張だったのか、熱まで出てしまった。

目が覚めたのは翌朝で、傍らにはポンピス夫人と侍女長のレイソン夫人がいた。

「ゆっくりお休みになってください。全ては終わりましたから」

いつもは厳しいレイソン夫人の優しい声。

夢を見ているみたい。

「医師が言うには気が緩んだせいでしょうとのことでしたから、今は休養です」

「……エルセードは？　どうなったの？」

「陛下はお仕事でございます。事の顚末《てんまつ》は陛下がご説明なさるでしょう。私の口から申し上げることはございません。お知りになりたければ、熱を下げて体調をお戻しください」

これは現実だと知らしめるように、すぐに厳しい口調に戻ってしまったけれど。

レイソン夫人はすぐに退室してしまった。でも、ポンピス夫人は私が再び眠りに落ちるまで側にいてくれた。

ストレス感じてたのかな。

普段意識しないようにしていたけど、やっぱり『死』とか『殺す』とか縁遠いものが間近に迫ってきたのは精神的に負担だったのだろう。

前世も今世も、そんなものから離れた生活をしていた。

そういえば、馬車を襲われた時も緊張が解けたとたん眠ってしまったっけ。

眠りはストレスからの回避方法なのかも。

眠っている間、色んな夢を見た。

目が覚めたら、前世に戻っていたとか、今世のキッシェン侯爵家にいたとか。

この世界の母親が生きてる頃、父親が義母とリンリーナを連れてきた頃、マルクスとの婚約が整った頃。

婚約破棄のパーティの時、摑んだ腕がエルセードじゃなかった夢も見た。誰の腕も摑めず修道院行きの馬車に乗るのも。

バルコニーで、サリーダが剣を抜いたのにライターが点かなかった夢も見た。助けが来ないのも。

全体的には回想も夢も、あまりよいものではなかった。

悪夢というほど酷くもなかったけど。

ふと気づくと、悪い夢にはエルセードが出てきていなかった。

彼と出会えないから悪い夢なのだと気づいて、エルセードがいないことは不幸なのかと思った。

では出会えたら幸せになれるかしら？

出会った今は幸せ？

命を狙われたり、人々の注目を集めたりして、幸せ？

うっすらと目を開けると、見たこともないほど優しい目をしたエルセードが私を見下ろしている。

ああやっとエルセードに会えた。これはいい夢ね。

夢の中の彼は、優しく頭を撫でてくれた。

子供にするみたいに。

それで安心して目を閉じると、また違う夢に引きずり込まれる。

でもその後はずっと、エルセードのいる幸福な夢だった。


結局、熱が下がって体力も食欲も戻ったのは、パーティの夜から三日目。

レイソン夫人から「これならよろしいでしょう」というお墨付きをいただき、晴れてベッドから解放された。

ゆっくりとお風呂を使い、ピカピカに磨き上げられ、ゆったりとしたナイトドレスの上に柔らかなガウンを纏ってお茶をいただく。

ポンピス夫人もメイドも下がらせ、寝室のソファでしっかり陽光を浴びながら一人の時間を満喫した。

居室の方へ行ってもよかったのだが、ガウン姿だったので万が一男性が訪れてはいけないと、レイソン夫人にその姿でいるなら寝室から出ないようにと言われたのだ。

居室へ移るなら、コルセットを付けたドレスを着るように、と。

中世ヨーロッパの御婦人方が身につけていたほど苦しいコルセットではなかったが、体型を維持するために締め上げるのは同じだったので、寝室に留まる方を選んだ。

どうせ訪ねてくる男性なんていないけど。

ぼんやりと寝室を眺めていると、何かがいつもと違うような気がした。

間違い探しのようにじっくりと観察すると、サイドテーブルが一つ無くなっている。

エルセードの寝室とを繋ぐ扉の前に置いてあったものが。

気づいた途端、その扉が開いた。

「起きたそうだな」

入ってきたのはエルセード本人だ。彼もまた、シャツとズボンだけのラフな姿だ。

私はカップをテーブルに置いて立ちあがった。

「いい、座っていろ」

そう言って、彼はソファではなく近くの椅子に腰を下ろした。

「具合はどうだ？」

「もう万全よ。今朝はしっかり朝食もいただいたわ」

「そうか。よかった」

「あなたの方が元気がないみたい。大丈夫？」

問いかけると、彼は苦笑した。

「お前が心配だっただけだ。怪我はないはずなのに、随分と寝込んでいたからな」

「……ごめんなさい」

「いや、いい。ショックだったんだろう」

何が、とまでは言わないのは優しさね。

「彼女達、どうなったの？　結末は？」

気を遣って、彼がそれを話題にしなくても私は知りたかった。

彼女達がどうなったのか。

エルセードは小さく息を吐き、足を組んで背もたれに身体を預けると億劫《おっくう》そうに口を開いた。

「サリーダは塔に幽閉だ。殺してもよかったのだが、殺してはセドの残党を刺激するからな。かといって、もう自由にすることはできない。なので、罪人として塔に閉じ込め、外界との接触を断った」

「面会謝絶？」

そうだ。獄卒以外は誰も会うことはできない。一生、な。奪還されないように、そのうち『どこにも』いなくなるだろう」

言葉を選んだようだが、意味は伝わった。

どこにもいなくなれば奪われることはない。幽閉とは建前で、いつか消されてしまうのだろう。

「マルクスは自分と無関係の女だと証言した。王太子の婚約者でないのならば、皇帝の婚約者を殺害しようとした罪人だ。極刑に値するが……、お前がせめて幽閉にしてくれと言ったのでそのようにした。マイーラから送り返せと嘆願書が届いても、この国から出さない。一生牢獄《ろうごく》に幽閉だ」

国へ戻れば、まだ修道院などまともな生活ができるかもしれないが、それすらも許されないということか。

リンリーナを切り捨てたマルクスを咎めることはできない。もしリンリーナが自分の婚約者であると言えば、マイーラが帝国の未来の皇妃に手を掛けようとしたということになり、両国の関係に亀裂が入る。

ヘタをすれば戦争になってしまうだろう。

彼は、国のために判断したのだ。……自分の保身のためかもしれないけれど。

「ロクセリア侯爵も、爵位を剝奪《はくだつ》の上財産没収し、極刑だ」

「ロクセリア侯爵も？」

「サリーダの後見人だったからな。それに、お前の襲撃現場であるバルコニーの見張りに侍従を出していた。即効捕縛し、調査に入ったら屋敷にセドの残党を匿《かくま》っていた。謀反の意志ありと判断し断罪した」

「リンリーナは？」

「それは……、言い逃れできないわね」

ロクセリア侯爵には地位と立場がある。女性達のように甘い処遇はできなかったのだろう。残酷なようだけれど、この世界では仕方のないことだ。

「これで、終わったのかしら？」

「終わっただろう。グリニードもキナ臭くはあるが、ロクセリア侯爵の後ろ盾がなければ動くこともできまい。それに侯爵への処遇をみれば、臆しておとなしくなるだろう。根は小者だからな」

私が見た限りでも、悪巧みをするボンボンという感じだったわ。自分で計画を立て、人を集めて行動するタイプには見えなかった。

虎の威を借るキツネみたいなもの。虎がいなくなればキツネどころかウサギになりさがるのかも。

「お前の考案した『ライター』というやつを、もう公表していいか？　とても優秀な発明品だった」

「いいわよ。もう襲われる心配がないなら隠しておく必要がなくなったし」

警戒されないよう秘密にしていたけれど、もう多くの人に知られただろうし。

「……私が襲われたのって、隠れた護衛の人が気づいてくれたの？」

「ああ」

「ずっとついてたの？」

「ああ。お前はさほど敏感でなかったので助かったと言っていたぞ」

「鈍感だと言いたいの？」

「普通だろう。付け狙われていた経験があったわけではないだろうし」

「その人、まだいる？」

私は部屋を見回した。

「いや、もう外した」

エルセードが立ち上がり私の隣に座り直す。

「こういうことを覗かれては嫌だからな」

と言って、私を抱き寄せて口付けた。

「元気になったのだな？」

確認するような質問の意図がわかり顔が赤らむ。

「……ええ、まあ」

「今なら、ランプが消える心配はない」

やっぱりそういうことよね。

「そうね。……でも、まだ午前中よ？」

「だから？　お前が倒れてからずっと心配していた。だが皇帝としての務めがあって会話をすることもままならない日々を我慢していた。もっと言うなら、『あの夜』から行儀よく我慢してきたんだぞ？　なのに私はまだ我慢しなければならないのか？」

間近に迫る顔。

ええ、そうね。あの夜あなたはちゃんと我慢してくれたわ。快楽に溺れそうだから今日は嫌、なんて我儘《わがまま》を受け入れてくれた。

リンリーナの処罰も私の意見を聞き入れてくれた。それは簡単なことではなかっただろうに。

エルセードを愛してると自覚したのに、彼がいることが幸せなのだと認識したのに、何をこだわるの？

倫理観？　常識？　それは目の前にいる人に触れない理由になるほど？

「我慢……、しなくていいわ」

自分から目の前の唇にチョンと唇を当てる。

二度の人生で初めての私からのキス。

「本当に私を愛してくれてるなら、好きにしていいわ。これからは他の人を求めないと約束してくれるなら……、全部あげる」

エルセードの顔が困ったように歪み、笑顔に変わる。

「約束しよう。お前だけを愛してる」

笑みを作った唇が私の唇に重なる。

ソファの背もたれに身体が押し付けられる。

キスは啄《ついば》むように何度も繰り返され、重なる度に開いてゆき、舌が私の唇を濡らす。

何度目かで、舌は口の中へ差し込まれ私の舌を搦《から》めとった。

滴るような音を立て睦み合う舌から、熱が伝わり全身に広がる。

それは現実的な体温ではなく、湧き上がる激情のようなもの。

これから先を予感して生まれる高揚感だ。

ガウンの紐《ひも》が解かれて前を開かれる。

中に着ているナイトドレスは透けるほどではないけれど薄い布地だった。大きな手が押し当てられると感触が伝わるほど。

膨らんだ肉を手は優しく撫でる。

触れられているうちに膨らみの中心に固く芽吹くものが現れる。

その突起を指が摘まむ。

「ん……」

キスは続いているから、目を開けても彼の顔を見ることはできなかった。

近すぎて、全体が見えないから再び目を閉じる。

瞼《まぶた》の裏には彼の姿が幾つも浮かんだ。

初めて出会った時の不遜な姿、覇者でも無礼な態度。私をからかったり、厭味を言ったり、鼻先で笑う顔も。

そんな彼に驚いたり、呆れたり、怒ったり、見惚《みと》れたりした。

何度か、この選択は正しかったのかと悩んだこともあった。この人を選んでよかったと思ったこともあった。

不安も安心も与えられた。

けれど彼がいないと寂しいと知ってしまったから。

それが唯一の答えだわ。

どんな表情をしていても、どんな感情を抱いても、怖くても嬉しくても、この人の側にいたい。

人の人生に『死』という終わりがあるって知ってるじゃない。私は前世を『死』で終えた。今世にだって『死』はある。

もたもたしている間に終わりが来ても後悔しない？

……するわ。

彼とたくさん一緒にいる時間を作りたい。色んなことをしたい。

愛し合いたい。

心が寄り添うのと同時に、身体も変化していた。

あの夜、彼に触れられて溺れるように快楽に沈んだことを恥じた。

自分はこんなにはしたなく淫らな人間かと嫌悪した。

でも違うわ。

彼だから、エルセードに触れられるからこんなにも嬉しい。彼のくれる感覚だから溺れてしまう。

「エルセード、顔を見せて……」

キスの合間に懇願する。

「顔？」

「私に触れているのがあなただと、ちゃんと知っておきたい」

彼はキスを止めて顔を離した。

記憶の中の顔ではなく、現実の彼の顔。

高い鼻に長い睫毛《まつげ》、唇は大きくて少し肉厚ね。頬骨《ほおぼね》は目立つほどじゃないけれどがっしりとして、顎はシャープ。

これがエルセード。

「いい男だろう？」

「ええ、とても」

「……素直だな」

「素直にならない理由がなくなったから。あなたが……、あなただけが好きで、側にいて欲しくて、他の人に渡したくない」

「それは私も同じだ」

同意を示すキス。

「経験がないから、あなたに触れられて快感を覚える自分を恥じたの。あの時あなたの顔がよく見えなくて、他の人でも同じように快感を覚えるのじゃないかと怖くなってしまったの」

「だから顔を見せろ、と?」

「目を閉じても、あなたの顔がちゃんと浮かぶからもう大丈夫。でも、今はあなたの顔を見ていたい。あなたの顔も好きだから」

「『も』?」

「声も手も、ちょっと尊大で意地悪な性格も好きよ」

首筋に咬みつくようなキス。

でも今日は止めない。

別に痕が残ってもいいわ。

誰かに何か言われたら、『愛されてるので』って言ってあげる。

「生きて、あなたを感じられてよかった」

ナイトドレスの前が開かれる。

キスを落とす顔が動いて襟元を押し開け、胸元へと移動する。

まだ恥ずかしいからピクリと身体が震えたけれど、彼の動きは止まらない。

膨らみに近付き、僅かな傾斜を上って先端へ。

「あ……」

ぺろりと先を舐められて、声が漏れた。

「死に瀕《ひん》して、自分の一番大切なものに気づくというのはよくわかる。私もあの毒を口にしてしまった夜、セレスティアに会いたいと思った。まだ愛していると確信はしていなかったのに、お前の顔が浮かんで会いたいと願った。死ぬほどではなかったのにな」

先を口に含むことなく、柔らかな肉を楽しむように膨らみを食《は》まれる。

歯を当てず、甘く噛む。

「サリーダに殺されかけて、私を想《おも》ったか？」

「……その前から好きよ」

もう一方の乳房に手が伸びる。

刺激を与えられて、会話が難しくなってくる。

言葉より、喘《あえ》ぎ声が漏れそう。

「……死んでしまったら終わり。あなたに会えなくなった時に……、ああしてればよかったって後悔はしたくない……」

私だけでなく、彼にだって危険はある。

「好きなのに、愛してるのに、愛し合わないのはもったいないって……、思ったの……」

「セレスティアの言う通りだな」

敏感に胸の先の周囲だけを彷徨《さまよ》っていた唇が先に触れる。

軽く咥えて吸われる。

「……あっ！」

舌が突起を転がすと、身体が疼く。

今感じている小さな刺激の、その先が欲しいと。

手が膨らみを揉みほぐし、指が先を嬲る。

右と左の乳房が、それぞれ舌と指先で愛撫される。

「や……っ」

やっぱり、私は快楽に弱いのかも。

それだけで身体が熱くなり、内側から何かがあふれてくる。

「気持ちいいか？」

問われても返事はできなかった。

「……恥ずかしい」

と蚊の鳴くような声を漏らすのがせいぜい。

「どうして？　裸を見られるのが恥ずかしいのか？」

「……それもあるけど。感じ過ぎて……。はしたないわよね……？」

「感じてくれるのは嬉しい限りだ。私を感じてもっと気持ちよくなってくれ」

「あ……っ」

ソファに座っていた彼が床に下り、私の脚の間に座る。

「エルセード……」

「はしたないとは、下品だということか？　そうやって恥じらう様ははしたなくないぞ。むしろ、そそられる」

その格好のまま、再び私の胸に顔を埋める。

「『はしたない』ではなく『いじらしい』だな」

愛撫は舌が担った。

自由になった手は完全にナイトドレスの前をはだけさせた。

上は、下着を着けていない。下には着けているけれど、この世界の下着は前世のパンティとは違って、片足ずつ脚を入れて紐で止めるもの。つまり、紐を解いてしまうと簡単に脱げてしまう上に、身に着けたままでも合わせの間から指を差し入れることができるのだ。

「や……っ」

彼の指は、正に今そうしようとしていた。

膝を閉じて拒もうとしても、間に彼の身体があるからできない。

胸を嬲られて濡れていた場所に指が滑り込む。

「エル……」

恥ずかしくて、思わず顔を覆う。

脚が開いたままだというのが羞恥を煽り、余計にドキドキする。

「ん……っ」

布の隙間から入り込んだ指は下生えに触れた。

そのまま探って突起に触れる。

「ア……ッ！」

胸以上に敏感な場所は、軽く指で押し回されただけで、私に声を上げさせた。

「淫らでいいじゃないか。色っぽくていい」

女性はソコが弱いと知っている動き。

童貞だとは思っていなかったわよ。絶対に何人も女を泣かせてきたんだろうな、と思ってたわ。

こうして翻弄されるとよくわかる。

私の前に他の女性に手を出していたという嫉妬より、自分が慣れていない分彼が慣れていてよかったと安堵するのはおかしい？

でもエルセードはきっとその女性達を愛してはいなかったと思う。私だけが、『初めて』愛されて抱かれているのだと自信がある。だから許してしまえるのだろう。

指先は突起から離れて下の襞《ひだ》に触れた。

「……っ」

指の感触にビクビクとそこが痙攣《けいれん》する。

感じてると、待っていると示しているようで恥ずかしい。

指はすぐに離れ、下着の紐を解いた。

「あ、だめっ」

「邪魔だ」

最早《もはや》何の抵抗もなくなった下着が引っ張って脱がされる。

無防備になった下半身に羞恥は限界。顔を覆っていた手で隠そうとしたけれどエルセードが許してくれない。

「ここで……するの……？」

ソファに座ったままで？

不安な声を上げると、否定が返る。

「まだ前戯だ。セレスティアは初めてだろう？　緊張する間もないくらい蕩かしてから本戦だ」

言いながら、顔が下半身へ向かう。

「……いやっ！　だめよっ！」

思わず大きな声が出てしまったのは、その顔が指で濡らされた場所に埋まったからだ。

「エルセード……っ！　だめ……っ！　あ……っ、あぁ……」

敏感な突起が、濡れた柔らかい下で舐《ねぶ》られる。

初めての感覚。

とろとろとしたものが下から溢《あふ》れてゆくのがわかる。

熱い露が止まらない。

「あ…、ン……ッ。う……ふ……っ」

指が、露をすくって入口から中に差し込まれた。

反射的に力が入って閉じるけれど、指は深く入ることはなくすぐに抜かれた。

「十分か」

ポソリと呟くと、エルセードは私から離れて立ち上がった。

翻弄していた愛撫が止《や》んだとほっとして全身の力が抜けたのもつかの間、エルセードは私を抱き上げた。しかも……。

「こ、こ、これは……」

人生初のお姫様抱っこ。

「暴れるなよ、落とすぞ」

凄《すご》い、凄い。こんなにも軽々と抱き上げられるなんて。ヨッコイショもなかったわ。

スタスタと歩いてベッドへ向かい、下ろす時もゆっくりと優しくだった。動きがゆっくりの方が力はいるのよね？

それができる理由は、目の前で彼がシャツを脱いだことでわかった。

逞しい身体だとは思っていた。

彼が剣を使うことも知っていた。

でもこんなに凄い身体とは。しかも筋肉のついた太い腕と厚い胸板は水泳選手のように均整が取れていて、美しいほどだ。

その美しい男性が、私に微笑《ほほえ》みかけてくる。

「見惚れてるのか？」

「……ええ。とても綺麗」

「綺麗と言われるのは初めてだな。強そうとは言われるが」

顔だけ近づけて口づけ、そのまま押し倒される。

「いっぱい乱れろ。感じて淫らになれ。私がそんなお前を見たい」

抱かれるのだわ。

「声を上げろ」

求められているのだわ。

「濡れろ」

最後まで理性を保っていられるかしら？

そんなもの、保たなくていいのかしら？

「私を受け入れろ」

もう彼が欲しい。

この熱い肌を肌で感じて、悦びが溢れ出す。

肌を吸われ、全身を撫で回され、熱が上がる。

「あ……、そこは……」

誰にも触れさせたことのない場所に彼が痕を残す。

全身を包む快楽に身を委ねてしまう。

波間に揺らぐ小船のように、あてどなく心地良さに運ばれてしまう。

セックスという言葉とは違う気がした。睦み合うという言葉の方がしっくりきた。

抱き合うという言葉通り、彼が私を抱き、私も彼を抱く。互いの腕が相手を離さないというように、離されないというように伸びて力を込める。

「あ……っ」

胸を強く吸われた。

きっとそこには人の目に映るほどの赤い痕が残るだろう。でもいい。

「ん……っ」

身体の形をなぞるように流れてゆく手が下肢へ伸びる。

腰から脚へ、するりと内側へ移動し、濡れた場所へ。

私に声を上げさせた場所を、また指が執拗《しつよう》に責める。

「ん……、あ、や……っ。は……ぁ……」

呼吸をする度に漏れる甘い声。

でもいいの。彼が聞きたいと言ったのだから我慢なんかしない。

「エルセード……、エルセード……」

少し汗ばんでいる彼の顔が目に入る。

髪を掻き上げてにやりと笑う。

その顔に胸が打ち抜かれ、また露が溢れる。

触覚だけでなく視覚でも彼に囚《とら》われる。

「男と女が何をするかぐらいはわかってるな？」

この世界での私が未婚の若い娘だからか、彼が訊いた。

「花嫁教育は受けてるわ……」

本当は前世で、もしかしたらあなた以上の知識を得ていたのだけれどそれは言えないからごまかす。

「でも実践はないわ……」

これは本当。

「当然だ」

指が中へ入る。

濡れた具合を確かめるように動く。

その度に声が漏れる。

内側の肉がくねるように動きその指をねだる。

もっと。

もっと奥へ。もっとあなたを感じさせて。

ナイトドレスは最早袖を通しただけの布。身体を包むものはない。

もつれあっている間に彼も全裸になっていた。

剝《む》き出しの肉体が触れ合って、互いの存在を確かめ合う。

私達は二人。

違う人間が二人求め合っている。

そして一つになる。

求め合っているから。

「セレスティア」

名前を呼ばれた。

大きな堅い手が私の脚を取る。

「あ」

熱い肉塊が当たる。

「や……ぁ……」

狭い入口を押し広げて『彼』がくる。

零した露がぬるりと彼を迎える。

それでも、初めての身体には辛かった。

それまでの快感が身体のあちこちに残した甘い記憶が違和感を緩和されてくれていなければ無理だったかもしれない。

神経の末端に熾火《おきび》のように灯る疼きが彼を歓迎するから、私は堅い筋肉に爪を立てて求めた。

望んでるの。

欲しいの。

だから来て、と。

「あ……」

肉塊は奥へ進む。

生き物のように自分とは違う質感、違う熱が侵入し、最奥にたどり着く。

「う……っ」

小さく声を漏らしたのはどちらだったのか。

「あ……」

突き上げられて目眩《めまい》がする。

意識が揺らめいている。炎のように。

「エルセード……」

その炎が、全身を包むまで時間はかからなかった。

「もっと……」

羞恥心も理性も燃やし尽くされて、私は彼を求めた。

「いくらでも」

腕を摑まれ、肩を嚙まれ、激しい口づけを受け、何度も彼が与える衝撃を堪能した。

彼の愛情と欲望が内側から私に放たれてあふれ出るまで……。

私がサリーダやリンリーナと会うことはなかった。

一度会いたいと言ってはみたのだけれど却下された。

「逆恨みされるだけだ、忘れろ」

そうかも知れない。

でも私は彼女達を追い込んだ者として今の姿を見ておくべきでは、と思ったのだ。偽善だとしても。

罪を犯した者の姿を知って初めて、裁く側に回れるのだと考えたから。

けれど彼の言葉に従った。

私に彼女達を救う手立てはない。会ったから、何が変わるわけでもないのだから。

マルクスは私が寝込んでいる間に国に帰ったが、帝国から謝罪と賠償の要求が行って、陛下に全てが知られ、王太子の地位を剝奪されたらしい。

その場しのぎで婚約者ではないと言いはしたが、リンリーナとの婚約は国内で発表済みのことだった。彼が今回の事件を知らなかったとしても、婚約者のした事からは逃れられなかったのだ。

今はまだ新しい王太子は立っていない。

彼が再びその地位に戻れるかどうかは彼のこれからの行動次第だろう。

そして私は……。

「ほら、手を振ってやれ」

城のバルコニーから純白のドレスを身に纏って、ティアラを付け、私達の結婚を祝福する人々を眺めている。

そう。

無事エルセードとの結婚式を迎えることができたのだ。

あの事件からエルセードは更に結婚式を早めろと命じ、サリーダを囲っていた反対派はもう文句の一つも言えず、さくさくと事が進んだ。

お妃教育は済んでるし、学校などの提案から議会の後押しもあり、オイルライターという発明品が行軍に役立つと軍部が絶賛したので軍部にも反対者はナシ。

本当にこれでいいのかと心配になるほど順調に今日の日を迎えた。

言われて手を振ると、群衆からワッと歓声が上がった。

「人生って、何があるか本当にわからないわね」

喪女としてそれなりに平凡な人生を生きていた私が飛行機事故にあって、ラノベのごとき異世界転生をして。テンプレの婚約破棄から突然皇帝の婚約者になる契約をして。

こんなにも愛する人と出会えるなんて。

こんなに多くの人々から祝福される幸福な結婚をするなんて。

「まだ人生が終わったわけじゃないだろう。まだまだ何があるかわからないぞ」

隣に立つ愛しい人が私を抱き寄せる。

「そうね」

「まずは今夜何があるかを期待だな」

イタズラっぽく笑うから、私も微笑み返した。

「あら、それならわかってるわ」

うん？　という顔でエルセードがこちらを見る。

今日までたっぷり溺愛される日々を過ごしましたからね。体力の限界まで。

あなたが本当に私を愛してくれていることは実感してるわ。それに応え続けてきた自分もあなたを愛してるという自信がある。

だから特別な夜も特別ではないことぐらい察してる。

「私、愛する人に愛されるのよ。今夜も、これからも」

エルセードは満足そうに笑って、私にキスした。

途端に再び人々から歓声が上がる。

「正解だ」

『そして二人は幸せになりました』というテンプレなら大歓迎よ。

「愛してるわ、エルセード」

特に、相手があなたならば……。

あとがき

皆様、初めまして、もしくはお久しぶりです。火崎勇です。

この度は『王子に婚約破棄されたので隣国皇帝に溺愛されることになりました』をお手に取っていただき、ありがとうございます。

さて、今回のお話は如何でしたでしょう？

セレスティアとエルセードは、お互い最初は利害関係で結びついたはずなのに、最終的にはラブラブです。この先も上手くやっていけるでしょうが、それでは面白くない？

では、セレスティアの前世の後輩女性が転生してきて、セレスティアの幸福を妬んで自分の方が皇妃に相応しいとひと暴れとか？　海の向こうの一夫多妻の国の王子がセレスティアに惚れるとか？

それでも、最後にはちゃんと元に戻るのでしょう。ラブラブですから。(笑)

それでは、そろそろ時間となりました。またの会う日を楽しみに、御機嫌好う。

火崎　勇

王子に婚約破棄されたので隣国皇帝に溺愛されることになりました

Vanilla文庫

2025年1月5日　第1刷発行　定価はカバーに表示してあります

著　者　火崎 勇　
装　画　木ノ下きの
発行人　鈴木幸辰
発行所　株式会社ハーパーコリンズ・ジャパン
東京都千代田区大手町1-5-1
電話　04-2951-2000（営業）
0570-008091（読者サービス係）

印刷・製本　中央精版印刷株式会社

Printed in Japan ISBN978-4-596-72225-6